아무튼, 현수동

# 아무튼, 현수동

장강명

위고

子曰, 里仁爲美, 擇不處仁, 焉得知.

공자께서 말씀하셨다.
"인덕이 있는 마을에서 사는 게 좋다.
그런 마을을 선택해 살지 않는다면
어찌 지혜롭다 하겠는가?"

－『논어』, 「이인」 편에서

# 차례

블라디미르 일리치 레닌은 어떤 동네에 살고 싶었던 걸까
___ 8

고향이 없는 사람이 쓴 현수동의 역사 ___ 20
권력이 없는 사람이 쓴 현수동의 인물 ___ 34
무속을 질색하는 사람이 쓴 현수동의 전설 ___ 52
밤섬에 가본 적 없는 사람이 쓴 현수동의 밤섬 ___ 74
차를 두려워하는 사람이 쓴 현수동의 교통 ___ 90
맛을 모르는 사람이 쓴 현수동의 상권 ___ 106
게임에 서툰 사람이 쓴 현수동의 도서관 ___ 124

삶을 사랑한다는 것, 사랑하는 동네가 있다는 것 ___ 138

블라디미르 일리치 레닌은 어떤 동네에
살고 싶었던 걸까

현수동이라는 동네는 실존하지 않는다. 하지만 나는 현수동에 대해 자주 생각한다. 다시 말해, 상상한다. 현수동에 대해 상상할 때마다 그 상상에 빠져든다. 그 동네를 사랑한다. 에, 이런 얘기가 좀 변태적으로 들리려나? 하지만 인간은 존재하지 않는 것을 사랑할 수 있다. 소설의 등장인물이라든가, SF 영화의 무대라든가…. 그렇게 내게 현수동은 실존하지 않지만 '생각만 해도 좋은, 설레는' 대상이다.

　　현수동은 '내가 만든 세계'이기도 하다. 이 동네는 내가 쓴 소설들에 자주 나온다. 아예 제목에 '현수동'을 넣은 단편소설도 썼는데(「현수동 빵집 삼국지」), 이 작품은 현수동의 지리를 설명하는 것으로 시작한다. 『그믐, 또는 당신이 세계를 기억하는 방식』에서는 현수동의 역사를 소개했다. 현수동에 사는 이현수라는 청년이 주인공인 단편도 썼고(「되살아나는 섬」), 『시간의 언덕, 현수동』이라는 소설을 출간하기 위해 현수동에 사는 이현수라는 청년을 찾아야 하는 편집자가 나오는 소설도 썼다(「마법매미」). 『시간의 언덕, 현수동』도 언젠가 진짜로 쓰려고 한다(이쯤에서는 변태적으로 보인다 해도 할 말이 없겠네요).

　　그 외에도 내가 쓴 다른 소설에서 현수동은 스쳐 지나가는 정도의 분량으로도 종종 나오며, 앞으로도 계속해서 등장할 예정이다. 최근에 출간한 장편소설 『재수사』의 클라이맥스도 현수동에서 일어났다. 나는 현수동 팬클럽의 회장이고 유일한 회원이다.

가상의 동네인 주제에 현수동은 위치가 꽤 구체적인데, 대강 서울 지하철 6호선 광흥창역 일대다. 북으로는 지하철 서강대역, 남으로는 한강, 서로는 홍익대, 동으로는 서강대 앞과 신석초등학교를 경계로 한다. 한강의 무인도인 밤섬도 현수동에 포함된다. 여의도에서 서강대교를 타고 한강 북쪽으로 왔을 때 좌우로 펼쳐지는 동네다. 현실에서는 마포구 현석동, 신수동-구수동, 신정동, 서강동, 하중동, 그리고 창전동 일부에 해당한다(이 지역 법정동과 행정동 구분은 너무 복잡하니 하지 않을게요. 오래된 동네의 특징입니다). 현석동에서 '현(玄)' 자를 따오고, 신수동-구수동의 '수(水)' 자를 합해 현수동(玄水洞)이라고 이름을 지었다.

동네 이름이 여러 개 나오다 보니 넓게 느껴질지 모르겠지만 밤섬을 제외하면 광흥창역을 중심으로 반경 6백 미터 남짓에 불과하다. 밤섬까지 포함해도 면적은 1.37제곱킬로미터 정도다. 참고로 서울 강남구 개포동의 면적은 5.28제곱킬로미터, 서울 관악구 신림동은 18제곱킬로미터를 조금 넘는다.

현수동이 광흥창역 주변인 가장 큰 이유는 내가 실제로 그곳에 살았기 때문이다. 삼십대 중반에 6년 동안 마포구 현석동에서 살았는데, 그 일대를 깊이 사랑했다. 당시 내 도보 생활 반경이 저 동네들이었다. 집에서는 밤섬이 살짝 보였고, 주말이면 자전거를 끌고 한강공원으로 나갔다. 광흥창역 옆에 있는 마포서강도서관의 단골 이용자였고, 근처 김밥집과 빵집도 자주 다녔다.

정치부 기자 시절에는 집에서 국회까지, 종종 서강대교를 걸어서 건너 출퇴근했다. 그러다 보면 하루 두 번 밤섬 위를 지나가게 되는데, 출근하는 아침에는 아름답기 그지없는 그 무인도가 퇴근하는 밤에는 매혹적이면서도 조금 무서운 장소로 변했다. 철새들을 보호하느라 야간 조명을 설치하지 않아서 나무와 풀숲이 귀신처럼 보였다.

현석동에서 살 때 내게 좋은 일이 많이 일어났다. 그 동네의 기운과 내가 잘 맞아서 그랬다고 혼자 믿고 있다. HJ와 함께 살기 시작한 것도 현석동에서였고, 결혼도 거기서 했다(결혼식은 올리지 않고 마포구청에 가서 혼인신고만 했습니다). 문학상을 받으며 정식으로 데뷔했으며, 회사를 그만두고 전업 작가도 되었다. 그러니까 어떤 의미에서 현수동은 '나를 만든 세계'이기도 하다.

생각만 해도 좋은, 기쁨이자 즐거움이 되는, 내가 만든 세계, 나를 만든 세계. 이상은 '아무튼 시리즈'의 마케팅 문구들인데, 그래서 비록 존재하지 않는 동네이지만, 현수동을 소재로 아무튼 시리즈를 한 권 쓸 수 있지 않을까 싶었다. 쓰고 싶었다. 다행히 이 이상한 아이템을 위고출판사에서 "의외성과 새로움에 기분 좋은 혼란을 느낀다"며 흔쾌히 승낙해주셨다.

\*

그런데 이런 작업이 과연 의미가 있을까? 어떤 동네를 오래 상상하고, 계속해서 세부 사항을 덧붙이고, 그곳을 움직이는 힘을 궁리한다는 게? 그에 대한 글을 써서 책까지 낸다는 게? 나는 그렇다고 여긴다. 이 일이 단순한 설정 놀음은 아니라고 생각한다.

러시아 근현대사의 권위자인 역사학자 로버트 서비스가 쓴 『레닌』을 읽다가 놀란 적이 있다. 그때까지 레닌은 위대한 혁명가이고, 반대파 숙청이나 인민재판은 혁명 과정에서 필요악 같은 면이 있었으며, 레닌의 이상을 스탈린이 망쳤다고 편리하게 여겼는데, 그렇지 않았다. 레닌도 스탈린 못지않게 냉혹한 독재자였다.

공포정치와 감시사회는 특정 혁명가의 인성이 아니라 레닌주의 안에서 비롯되는 듯했다. 레닌이 실각하지 않았거나 스탈린이 아닌 트로츠키가 권력을 잡았더라도 소련은 비밀경찰과 정치범 수용소를 운영할 운명이었다. 뜨거운 이상을 지녔던 레닌과 그의 혁명 동지들은 어쩌다 그렇게 끔찍한 사회를 만들고 말았을까.

나는 그것이 거대한 관념에 몰두해 사회를 설계하고, 그 구상이 완벽하다고 믿으며 실행을 밀어붙일 때 필연적으로 일어나는 일이라고 본다. 인간은 복잡하다. 인간은 복잡한 욕망을 품는다. 인간이 만드는 사회도 복잡하다. 복잡한 욕망들이 만나 섞이고 부딪히고 변하기 때문이다. 그렇기에 현실은 늘 복잡하다. 인간, 사회, 현실은 기계장치가 아니며, 어느 것 하나 우리 계획대로 움직이지 않는다.

그리스신화에는 프로크루스테스라는 도적이 나온다. 이 악당은 나그네가 자기 집에 오면 "당신 몸에 꼭 맞는 침대가 있다"고 묵고 가라고 한다. 그리고는 상대가 침대보다 키가 크면 다리를 자르고, 침대보다 키가 작으면 몸을 억지로 늘려서 살해한다.

인간을 얄팍하게 이해한 크고 강압적인 사회공학 실험들은 프로크루스테스의 침대와 같은 고문 도구가 되고야 만다(자본주의도 여러 결함이 있는 시스템이지만, 생산량과 소비량을 결정하는 주체들이 여기저기 흩어져 있고, 그들이 각자 자율적으로 판단하게 한다는 점만으로도 계획경제보다는 훨씬 낫다).

레닌의 구상은 크고 강압적이었다. 그가 국가를, 역사를, 프롤레타리아의 지상낙원을 상상했기 때문이다. 거기에는 무척 정교한 (하지만 끝내 들어맞지 않은) 이념이 있었다. 그러나 그 거대하고 추상적인 관념이 실현된 장소에서 어떤 사람들이 어떤 얼굴로 어떤 수다를 떨며 시시덕거릴지에 대한 고민은 없었다.

나는 소비에트의 유물을 볼 때, 정치범 수용소나 고문실이 아니라 그들이 기꺼이 내보이려 하고 선전 도구로 활용했던 건물들, 시설들에서 기괴함을 느낀다. 거기에는 살아 있는 개인의 표정이 아니라 소련 국민이라는 어떤 덩어리가 드러내야 하는 획일적인 분위기만 있다. 레닌과 그 동지들은 사회를 설계할 때 거리와 골목의 풍경을 상상하지 않았던 것 아닐까. 자신들이 어떤 동네에 살고 싶은지에 대해서는 별로 고민하지 않았던 것 아닐까.

국가나 역사가 아니라 거리의 아침을, 골목의 저녁을 상상하면 그 안에 있는 사람들이 엄청나게 다채로운 표정을 지을 거라는 사실을 저절로 깨닫게 된다. 그 표정들 아래 자리한, 어떤 한 기관이 일괄 조율할 수 없는 복잡한 욕망의 부글거림도. 그런 사실을 깨달을수록 그 골목과 거리를 모두 포괄하는 깔끔한 이념은 그만큼 더 불가능하게 여겨진다.

지상낙원이 얼마나 허황된 개념인지도 알아차리게 된다. 이 책을 읽는 독자들은 천국의 풍경을 그릴 수 있으신지? 혹시 천국은 파란 하늘 아래 싱그러운 풀밭이 끝없이 펼쳐져 있고, 나풀거리는 흰옷을 입은 남녀가 나른하게 앉아 있는 모습일까? 그런데 그곳에 화장실은 어디 있는지? 비가 내리면 사람들은 어디로 피하고, 빗물은 어떻게 흐르는지? 그 풀밭에는 쥐가 살고 있나? 쥐가 없다면 쥐를 먹이로 삼는 소형 육식동물도 없다는 뜻이며, 천국의 생물학적 다양성이 그만큼 부족하다는 얘기다. 들쥐가 있다면 유행성 출혈열이 염려되며, 한타바이러스 백신을 접종하는 기관과 방제 전문업체가 주변에 있어야 한다.

우리는 낙원 거주자들의 표정을 오래 상상할 수 없다. 지상낙원에서 지을 수 있는 표정은 하나뿐이며, 때로 이것은 무표정보다 끔찍하다. 지상에 낙원을 건설하려는 자들은 결국 표정이 없거나 하나뿐인, 사람들의 복잡한 욕구와 감정을 무시하는 전체주의 사회를 만들게 된다.

*

물론 이념과 사상은 중요하다. 낙원까지는 아니더라도, 더 나은 세상을 제대로 만들려면 그 사회를 떠받치는 거대한 사상을 상상해야 한다. 먼저 민주주의가 있어야 민주적인 정치제도를 만들 수 있고, 그에 따라 민주적인 사회를 건설하고 운영할 수 있다.

그런 새로운 사상에 대한 상상력이 우리 시대에 부족하다고 여겼고, 그에 대한 소설을 두 편 썼다. 한 편에서는 "우리는 새로운 사상을 내놓을 수 없기에 근본적으로 더 나은 세상을 꿈꿀 수 없다"며 청년들이 자살했다. 다른 한 편에서는 살인자가 더 나은 세상을 만들 수 있다며 궤변 같은 자신의 새로운 사상을 길게 늘어놓았다.

『아무튼, 현수동』에서는 사상이 아니라 내가 살고 싶은 동네에 대해 써보려 한다. 현수동은 낙원은 아니다. 이곳에서 사람들은 서로 갈등하고, 배우자 몰래 바람을 피우며, 병에 걸린다. 법을 슬쩍, 혹은 대담하게 어기는 사람도 있다. 그럼에도 불구하고 현수동은 풍경이 아름답고, 선량하고 양식 있는 사람들이 사는, 사랑스러운 동네다.

그런 동네의 골목과 거리는 어떤 풍경일까. 그곳 사람들은 어디로 출근하고 생활용품을 어떻게 살까. 어떤 길에서 개를 산책시키고, 저녁을 먹고 나면 어디에 갈까. 주말에는 뭘 할까. 아이들은 어디에서 놀까. 일하고 쇼핑하고 식사하고 수다를 떨 때 현수동 주민들은 어떤 표정을 지을까.

그런 궁리를 하는 작업은 의미가 있을 거 같다. 상상 속의 동네를 현실에서 만들고 유지하기 위해서는 무엇을 해야 할지 고민하게 되고, 이념과 논리에 골몰하는 동안에는 놓치기 쉬운 유용한 통찰을 얻을 수 있을지도 모른다.


앞으로 이 책에서 광흥창역 일대의 진짜 역사나 특징에 대해 쓸 때에는 '광흥창역 일대'라고 적겠다. 정확히는 2010년 전후의 광흥창역 일대를 가리킨다. 이곳도 그 이후 모습이 많이 변했다. 내가 살고 싶은 동네에 대해 쓸 때에는 '현수동'이라고 표기하겠다. 현수동은 광흥창역 일대의 꿈이고 가능성이다.

나는 현수동 같은 동네가 우리나라에, 더 나아가 전 세계에 많아지기를 바란다(세계 전체가 현수동처럼 변하기를 원하는 것은 아닙니다). 하지만 광흥창역 일대가 현수동이 되려면 포기해야 할 사항도 상당하다. 어떤 종류의 풍요와 편리함은 손에서 놓아야 할 텐데, 쉽지 않다. 그런 얘기들도 써보려 한다.

고향이 없는 사람이 쓴 현수동의 역사

서울에서 태어났지만 서울을 고향이라고 부르기는 망설여진다. 윤성희 소설가가 "아직도 서울이 누군가의 고향이 될 수 있다는 사실이 믿기지 않는다"*고 했는데, 동감이다. 서울은 너무 큰 도시이고, 내가 서울이라는 단어를 들었을 때 유년기의 추억을 떠올리거나 애틋한 감정을 느끼는 것도 아니다. 여러 가지 매력이 있는 도시지만, 서울의 모든 면을 좋아하지는 않고 서울이 나를 위한 곳 같지도 않다.

구역을 좁혀서, 서울 강북구 번동을 내 고향이라고 부를 수는 있을까? 글쎄, 아닐 것 같다. 그곳에서 태어나기는 했지만 몇 년 살지 않은 터라 아무 기억이 없다. 다음 동네인 서울 도봉구 쌍문동에 대해서도 마찬가지다. 이후 거의 4~6년에 한 번씩 집을 옮겼다. 주민등록 주소지로만 따져도 서울 자치구 10곳과 경기도의 시 2곳에서 살았다.

옛 사람들이 고향에 대한 그리움을 토로한 글을 읽다 보면, 그 감정이 어떤 것인지 궁금해진다. 고향에 남은 가족이나 친구를 보고 싶다는 의미일까. 자신에게 익숙한 음식, 사투리, 문화 속에 들어가서 편

---

* 윤성희, 「소년은 담 위를 거닐고」, 『서울, 어느 날 소설이 되다』, 강, 2009, 184면.

안히 지내고 싶다는 말일까. 한가한 전원생활에 대한 욕구, 혹은 어린 시절에 대한 향수와 별 차이 없는 개념인 걸까.

'고향이 없고, 그것이 무엇인지도 잘 모르겠다'는 감각은 나 혼자 느끼는 것은 아닐 듯하다. 대도시에서 나고 자라는 사람이 점점 더 많아지고 있으니까. 전 세계에서 천만 명 이상이 사는 메가시티는 2018년 기준으로 33곳인데, 2030년에는 43곳이 될 예정이라고 한다. 2050년이 되면 세계 인구 10명 중 7명은 도시에 살게 된다(한국은 이미 도시 인구 비율이 90퍼센트를 넘는다).

그런데 메가시티는 다 비슷비슷하게 생겼다. 세계 어느 메가시티에서든 지하철을 타는 법이나 스타벅스에서 라테를 주문하는 법은 거의 같다. 넓은 차도가 직각으로 교차하며, 높은 마천루가 있고, 차도와 마천루 사이 보도에서 사람들이 스타벅스 종이컵을 들고 지하철역으로 걸어가는 풍경도 마찬가지다. 고향이라기보다는 극도로 효율적인 공장의 이미지다.

10개 구와 2개 시에서 살아본 내게 고향에 가장 가까운 느낌의 동네는 광흥창역 일대다. 떠올리면 애틋한 기분이 들고, 나를 위한, 나를 기다리는 장소 같으며, 돌아가고 싶다는 마음이 든다. 내가 살아본 동네 중 가장 편한 곳(서울 구로구 신도림동)은 아니었고, 가장 아름다운 동네(경기 수원시 영통구 광교호수 공원 앞) 역시 아니었음에도 불구하고.

이유가 뭘까? 꽤 긴 시간 여러 가지 답안을 궁리했는데, 유력 후보 중 하나는 '광흥창역 일대에 역사가 있기 때문'이라는 것이다. 오래전 나와 비슷한 사람들이 그곳에서 괜찮게 살았고, 얼마 전에도 나와 비슷한 사람들이 그곳에서 괜찮게 살았으며, 그래서 나도 그곳에서 괜찮게 살 수 있을 것 같다는 안전하고 희망적인 느낌.

허허벌판 위에 지은 신도시에서는 그런 느낌을 얻을 수 없다. 원주민의 흔적을 완전히 지워내고 땅 위에 있는 것을 다 무너뜨린 뒤 새로 아파트를 지은 대규모 재개발 단지에서도 그런 느낌을 받을 수 없다. 그런 동네에서는 모든 것이 새로워서 모든 것이 가짜 같고 모든 것이 덜 믿음직스럽다. 불행히도 한국에서는 그런 식으로 대형 주거단지를 건설한다. 반대편에서는 원도심이 생명력을 잃고 낙후되어간다.

현수동의 길을 걷다 보면 '이곳은 무척 오래되었구나, 아주 예전부터 지금까지 이곳에서 살다 간 사람들의 흔적이 쌓여 있구나'라는 기분이 든다. 그런

곳에서는 자연스럽게 수백 년 전과 수백 년 뒤라는 시간을 의식하고, 자신이 그 일부라고 여기게 된다. 거리와 골목을 함부로 대하지 않게 된다. 자기 존재가 깊은 뿌리, 또 먼 미래와 이어져 있음을 믿게 된다. 현수동에서는 과거와 현재가 서로 존중하고 대화한다.

이런 역사 감각은 조선시대 궁궐이나 민속촌을 걸을 때에는 얻지 못한다. 그런 장소들에는 현재가 너무 희박하며, 나는 그 공간의 방문객일 따름이다. 궁궐에 살았던 사람은 나와 비슷한 신분도 아니었다. 궁궐이나 민속촌의 존재가 나쁘다는 게 아니라, 그런 곳이 내 고향이 될 수는 없다는 얘기다.

과거와 현재가 으르렁거리며 대치하는 곳도 있다. 땅 위에 있는 것을 다 무너뜨린 뒤 새 단지를 지으려 했는데 그 과정에서 보존 가치가 높은 문화유적을 발굴하는 경우가 그렇다. 설계를 급히 변경해 유적을 '보호'하는 시설을 갖춰도, 주변 새 건물들과 도통 어울리지 않는다. '저것 때문에 개발이익을 제대로 못 뽑았다'고 하는 원망과 적대감이 감도는 장소도 있다. 송파구의 한성백제 유적이 그렇고, 종로의 육의전박물관이 그렇다. 그나마 나와 신분이 비슷한, 비교적 최근 사람들의 흔적은 아예 보존 가치 자체를 인정받지 못한다.

*

　광흥창역 일대의 역사가 오래되었음은 그 이름
에서부터 알 수 있다. '광흥창'이라는 이름은 무려
고려시대인 1308년에 나온 것이다(참고로 크리스토
퍼 콜럼버스가 아메리카 대륙으로 항해를 떠난 때가
1492년이다).

　전근대 국가들은 지방에서 거둬들인 곡식이나
소금을 보관하는 국영 창고를 수도 근처에 만들었다.
광흥창은 관료에게 봉급으로 줄 쌀과 다른 물품을 저
장하는 창고이자 그 봉급을 주는 기관의 이름이었다.
원래 '좌창'이라고 했는데 고려 충선왕이 명칭을 바
꿨다.

　고려 때 광흥창은 개성 인근 예성강 하구에 있
었고, 조선은 이 창고를 지금의 와우근린공원과 서강
쌍용예가아파트 사이에 뒀다. 현재는 그 자리에 광
흥창 터 표석이 있는데, 키가 30미터가 넘는 느티나
무와 회화나무 들이 주변에 있어서 꽤 아늑한 분위기
다. 나이가 백 살이 넘은 서울시 지정 보호수들인데,
수령이 3백 년에 가까운 나무도 있다.

　조선시대 세금 담당 관리들은 남쪽 지방에서 거
둔 쌀과 보리를 배에 싣고 서해를 통해 북으로 와서는

한강을 거슬러 왔다. 그리고 나루터 근처 홍수 피해를 입지 않을 언덕 위에 이 창고를 세워 곡식을 보관했다. 예전에는 부근에 개천이 흘렀는데 그 개천 서쪽에는 하급 벼슬아치들이, 동쪽에는 서민들이 살았다고 한다. '창고 옆 개천에 있는 동네'라는 뜻으로 창천동이라는 지명이 생겼고, '창고 앞 동네'는 창전동이 되었다.

조선시대 사람들은 한강의 서쪽을 '서강', 동쪽을 '동호'라고 불렀다. 그래서 광흥창역 일대 건축물이나 기관에는 서강이라는 이름이 흔하게 붙어 있다. 서강대, 서강역, 서강도서관, 서강대교…. 서강대교 북단이 바로 돛단배를 대는 나루터였고, 이름은 서강나루였다. 서강나루터 표석은 봉원빗물펌프장 앞에 있다.

광흥창역 5번 출구로 나와 똑바로 2분 정도 걸어가면 길 맞은편에 서강나루공원이 있다. 아주 작은 공원인데, 과거 이 지역이 선착장이었음을 기리는 의미로 황포돛배 모양의 조형물을 세워놓았다. 오전에는 이곳에 모여 체조를 하는 주민들을 볼 수 있다.

배들이 싣고 온 공미(貢米)를 점검하던 기관(점검청), 그렇게 들어오는 배에서 세금을 거두던 기관(공세청)도 이 근처에 있었다. 한양으로 가는 수송로가 뱃길에서 육로로 바뀌는 길목이었고, 세곡 외에도 각종 농산물이나 소금, 생선, 젓갈, 석회, 숯 같은 물건들이 이곳을 통해 한양으로 들어갔다. 사람과 물자가 모이는 아주 왁자지껄하고 땀내 나는 장소였다. 당연히 여관이나 술집이 많았다. 관청에 뇌물을 주다 잡히는 사람도 있었고, 짐을 너무 많이 실은 배가 침몰하는 사고도 벌어졌다. 껄렁한 선비나 사신들이 이곳에 와서 뱃놀이를 하고 시를 읊으며 소위 '풍류'를 즐겼다. 사실 서강나루뿐 아니라 양화나루(양화대교 북단), 마포나루(마포대교 북단)까지 이 일대가 모두 그랬다. 물살이 약하고 도성으로 가는 길이 가까워서 였다.

광흥창 일대에서 배에서 내려 도성을 향하는 사람들은 만리동고개나 애오개를 통해 서대문이나 서소문으로 갔다. 애오개는 '아이 고개'라는 뜻인데, 만리동고개에 비하면 규모가 작아서 그런 이름이 붙었다는 설도 있고, 일찍 죽은 가엾은 아이들의 시신을 묻던 곳이라 그렇게 불렀다는 얘기도 있다.

가로막는 게 있으면 밀고 깎아서 평탄하게 만들거나 터널을 뚫거나 다리를 놓는 요즘과 달리, 오래된 길들은 그렇게 산, 강, 언덕, 고개의 영향을 받아 생겼다. 그래서 반듯하지 않다. 오래된 동네의 길은 구불구불하고, 구획은 직사각형이 아니다. 경사 지대가 있고 미로 같은 골목이 있다. 광흥창역 일대도 그렇다.

광흥창역 자체가 쐐기 모양으로 생긴 기묘한 구역 중간에 있다. 서강나루공원 서쪽의 서강로와 동쪽의 창전로는 거의 같은 방향으로 난 길인데 폭도 비슷하다. 서강나루공원에서 두 길 사이의 거리는 85미터쯤 되는데, 이게 북으로 가면서 점점 줄어든다. 그러다 창전동현대홈타운 앞에서 두 길이 합쳐진다. 그바람에 밑변은 85미터, 높이는 650미터인 이상한 삼각형 구역이 생긴다. 서울 도심에서 자동차를 몰고 신촌을 지나 광흥창역 일대로 가는 운전자는 창전삼거리 뒤로 길이 갈라지는 지점에서 어느 방향으로 가야 할지 몰라 당황하기 일쑤다. 그렇게 서울 중심에서 흘러내려온 교통의 흐름이 여기서 머뭇거리다 퇴적되어 모래섬이 될 것만 같다. 밤섬처럼.

그 쐐기 끝에는 20년 가까이 저렴함을 세일즈 포인트로 삼는 타이어 전문점이 자리 잡고 있다. 아마 땅값도 상당히 싼 듯한데, 이 자리에 타이어 판매점 대신 주민들이 좋아할 만한, 그리고 동네에 어울리는 다른 랜드마크가 들어섰으면 하는 바람이 있다. 눈에 잘 뜨이지만 으스대거나 뽐내지 않는, 겸손한 시설이. 내가 상상하는 현수동에서는 이 지점에 작은 공원과 지붕이 예쁜 한 층짜리 카페가 있다.

남북으로 난 서강로와 창전로를 서강나루공원 앞에서 가로지르는 길은 토정로다. 『토정비결』을 지은 토정 이지함 선생의 이름을 따온 것이다. 마포강변에 흙담 움막집[土亭]을 짓고 살았던 그는 꽤 유쾌한 인물로, 학자면서 어부였고 예언자이자 기인이었다. 마치 물속을 보는 듯이 고기를 잘 잡았고 그렇게 잡은 생선을 주변 가난한 이웃에게 나눠줬다고 한다. 하지만 그가 살았던 움막집은 내가 현수동이라고 정해놓은 구역에서는 조금 벗어나 있다.

자동차뿐 아니라 사람도 광흥창역 일대에서는 길을 헤매기 쉽다. 토정로14길, 토정로15길, 토정로15안길, 토정로17길, 토정로17안길 같은 골목들은 하늘에서 보면 지렁이가 지나간 자국이나 나뭇가지가 뻗어 나간 모양처럼 생겼다. 걷다 보면 방향감각을 잃는다.

이 지역에서는 그리 규모가 크지 않은 아파트 단지들도 이런 오래된 골목을 따라 구획이 지어졌다. 그런 길을 걷다가 광흥창 터 표석이나 공세청 터 표석, 서강나루터 표석 같은 옛 장소의 기억을 불쑥 발견하게 된다.

두 동짜리 단지인 밤섬현대힐스테이트아파트 정문 앞에는 '박세채 정승 살던 곳'이라는 표석이 있다. 표석에는 적혀 있지 않지만 박세채 정승이 살던 집 이름은 소동루였고, 그 땅은 과거에 농암이라고 불렸다고 한다.

박 정승은 조선 숙종 때 우의정과 좌의정을 지낸 학자로 예학의 대가라고 하는데, 솔직히 이 표석을 맞닥뜨리기 전까지는 한 번도 이름을 들어본 적이 없었다. 소론의 대표였지만 노론에서도 그렇게 싫어하지는 않았다나.

TV 사극 드라마에서는 숙종이 장희빈과 인현 왕후의 치마폭에서 놀아나는 한심하고 나약한 왕으로 그려진다. 실제로는 조선왕조를 통틀어 손꼽힐 정도로 강력한 왕권을 휘두른 군주였고, 성격도 불같았다. 그는 일종의 친위 쿠데타인 환국 정치를 일삼았는데, 그 바람에 박세채의 운명도 여러 번 뒤집혔다. 유배를 갔다가, 고위 관료가 되었다가, 다시 모든 벼슬에서 물러났다가, 우의정이 되었다가….

나로서는 박세채의 정치적 운명이나 그가 펼친 학문의 논리보다는 조선 정승이 이곳에 살았던 이유에 더 공감이 간다. 한강을 내려다보는 경치가 좋아서였다. 박세채는 늘 강 쪽으로 난 문을 열어두고 지냈다.

마포-서강 일대는 도성과 가깝고 풍광이 좋아 예부터 별장과 정자가 많았다. 공민왕, 양녕대군, 효령대군, 세조, 신숙주, 안평대군, 연산군 등등이 이곳에 놀러 왔다. 소동루도 박세채 사후에 주인이 몇 차례 바뀌었다. 흥선대원군이 별장으로 삼았다는 얘기도 있다.

현수동 구역 안에는 이런 정자들이 있었다(지금은 터조차 남아 있지 않다). 족간정(신정동 143-3번지), 영파정(현석동 177번지), 창랑정(현석동 146-1번지), 만휴정(현석동 145번지), 사파정(현석동 167번지), 순완정(하중동 52, 55번지) 등등. 특히 현석동에 정자가 많았던 이유는 한강을 내려다보는 절벽 위에 있는 데다 땅이 강 쪽으로 볼록한 형태여서 전망이 끝내주기 때문이다. 1980년대에 길을 넓히기 전까지는 이곳에서 자동차나 오토바이 추락 사고도 잦았다. 1970년에는 유조차가 한강으로 추락한 적도 있다.

소동루가 있었던 밤섬현대힐스테이트아파트도 행정구역은 현석동이다. 이게 앞뒤가 바뀐 서술일 수 있는데, 이 땅의 옛 주인 박세채의 호가 '현석(玄石)'

이었고, 현석동이라는 동네 이름이 거기서 유래했다는 설이 있다. 그런데 오래된 동네답게 이름의 기원에 관해서는 다른 해석도 여럿 있다. 이 지역에 검은 돌이 많았다거나, 검은 돌이라는 말 자체가 비옥한 땅을 가리키는 의미라거나.

지금도 밤섬현대힐스테이트아파트 옆에 절벽 지형을 그대로 살린 전망공원이 있다. 몇백 미터 떨어진 서강나루공원보다 조금 더 작은 공원인데, 이름은 밤섬공원이라고 한다. 공원에는 운동기구 몇 대와 율형정이라는 이름의 정자가 있고, 전망대에는 밤섬을 볼 수 있는 망원경도 설치되어 있다. 정자 아래 벽면에는 황포돛배 그림이 그려져 있다.

밤섬공원은 가을에 서울세계불꽃축제를 관람하기에 괜찮은 명당이기도 하다. 불꽃이 머리 바로 위에서 터지는 모습을 보지는 못해도 앞이 탁 트였고, 여의도 한강공원만큼 인파가 몰리지는 않는다. 현석동에 살 때 서울세계불꽃축제가 열리면 나는 캔 맥주를 들고 HJ와 함께 이 공원을 찾았다. 동네 아이들은 불꽃을 보고 나면 흥분해서 미친 듯이 뛰어다녔다.

서강 일대 경치를 좋아한 옛 선비들은 '마포팔경' 혹은 '서강팔경'이라고 하는 단어도 지어냈다. 요즘 식으로 표현하자면 '서강 지역 관광 필수 체크

포인트 8'이겠다. 그중 현수동 안에 있는 것은 세 가지다. 밤섬의 깨끗한 백사장[栗島明沙], 현석동 사람들이 집에서 저녁밥을 지을 때 피어 올라가는 연기[籠岩暮煙], 와우산에서 들려오는 목동들의 피리 소리[牛山牧笛]. 하지만 마포나루로 돌아오는 수많은 돛단배의 모습[麻浦歸帆]이나 양화나루 위로 붉게 물든 하늘과 노을[楊津落照]도 당연히 현수동 지역에서 즐길 수 있었을 것이다. 관악산에서 피어오르는 아지랑이[冠岳晴嵐], 용산 쪽으로 저녁에 뜬 달[龍虎霽月], 샛강에서 밤낚시 하는 등불[放鶴漁火]도.

권력이 없는 사람이 쓴 현수동의 인물

권력자, 학자, 부자들의 흔적만 남아 있다면 광흥창 역 일대에 그렇게 애착을 품지 못했을 것이다. 내가 그런 사람이 아니니.

　　신수동성당 앞에는 무쇠막 터를 표시한 표석이 있다. 무쇠로 솥이나 농기구를 만드는 대장간이 모여 있던 곳이다. 과거에는 주철을 물처럼 녹여 작업하는 쇠라고 해서 '물쇠'라고 불렀다. '막'은 허술하게 지은 집을 의미한다. 원두막, 오두막, 막사를 생각하면 된다.

　　주물을 만드는 틀을 '바탕'이라고도 불렀는데 그래서 이곳을 '바탕거리'라고도 했다. 대동여지도에는 '수철리'라는 이름으로 나와 있다. 무쇠를 '수철(水鐵)'이라고 한자로 적은 것이다. 수철리에서 오래된 구역을 '구수철리계'라고 불렀고, 이것이 나중에 구수동이 되었다. 수철리에서 비교적 새로운 구역에는 신수동이라는 이름이 붙었다.

　　신수동과 구수동에 걸쳐 메주를 만드는 마을도 있었는데 '메주무수막'이라고 했다. 지금의 신수동 50번지 일대다. 메주는 간장, 된장, 고추장을 만들기 위해 꼭 필요한 기본 재료지만 만들 때 냄새가 지독하다. 그래서 도성에서 멀리 떨어졌으면서도 교통이 편리하고 맑은 물을 구하기 쉬운 장소에서 메주를 대량으로 썼다.

　메주무수막 옆 동네에는 산사나무가 많았나 보다. 산사나무를 우리말로 아가위나무라고 하는데, 그런 연유로 이 지역을 아가나무말, 아기나뭇골이라고 했다. 광흥창역, 무쇠막 터, 그리고 메주무수막과 아가나무말이 있던 자리를 잇는 길은 독막로다. 현수동 바로 옆이 대흥동인데, 그곳에 독을 짓는 동네가 있었고 독막 또는 옹기막이라고 불렀다. 지명으로 남지는 못했지만 이곳에는 철물, 메주, 옹기 외에도 구들장을 만드는 장인들의 골목도 있었다고 한다.

　흰 꽃이 피고 빨간 열매가 열리는 나무들 아래에서 살았던 사람들을 상상해본다. 웃통을 벗은 채 땀을 뻘뻘 흘리며 금속을 달구고 두드리는 대장장이들, 콩을 삶는 가마솥에 장작을 넣는 소년 소녀, 그 앞으로 새로 만든 독을 머리에 이고 가는 여인들, 막배에서 내린 소금장수와 얼굴이 까맣게 탄 새우젓장수들.

　밤섬에는 목선을 만드는 작은 조선소들이 있었고, 현석동에는 겨울에 채취한 한강의 얼음을 보관하는 거대한 얼음창고도 있었다(그런 석빙고 중 하나가 현석동 154-4번지에서 1994년에 발견되었다). 객주들이 번성했다. 누런 돛을 단 배들이 짐을 부리고 실을 때, 하역 일꾼들이 지게에 쌀가마니를 올릴 때, 그 위로 갈매기들이 어부들이 잡은 생선을 노리며 날아다녔을 것이다.

1940년대 말에는 이곳에서 돼지를 치는 집도 있었다. 1947년에 마포구 현석동, 신정동, 구수동, 신수동, 창전동, 하수동이 양돈지구로 지정되었다는 기사가 『동아일보』에 실렸다. 돼지뿐 아니라 양도 키웠다. 한국 1세대 사진작가인 정범태는 1957년에 신수동에서 '피리 부는 소년'이라는 제목의 사진을 찍었다. 양 두 마리 옆에 앉아 제 팔뚝보다 긴 피리를 불고 있는 까까머리 사내아이의 모습이다. 나이는 다섯 살쯤 되었을까. 보고 있으면 절로 웃음이 난다.

1967년에는 신수동에 의상 재료 가공공장이 들어선다. 직원은 백 명이 넘었는데 절대 다수가 젊은 여성이었다. 야간 교대시간이 다가오면 여공의 남자친구들이 50명 정도 공장 앞으로 몰려들어서, 그 풍경이 자녀 교육에 좋지 않다며 인근 주민들이 항의하기도 했다. 1970년대에는 동신푸라스틱, 한국고분자화학, 금강금속공업사, 평화특수고무, 오리엔탈공업 같은 작은 공장들이 있었다.

그러나 나는 그곳에서 일했던 사람들의 이름을 모른다. 권력자나 고위 공직자, 부유했던 이들이 아닌 사람의 이름은 후세에 전해지지 않는다. 동네와 길의 이름도 서민들이 붙인 것일수록, 권력으로부터 멀수록 시간을 버티지 못하는 경향이 있다. 사직동이나 종로 같은 이름은 아주 오래 남을 거다. 반면 무쇠막이나 바탕거리 같은 지명은 이미 공식적으로는 쓰이지 않는다.

*

권력자, 학자, 부자가 아니었던 사람 중에 광흥창역 일대에 이름을 남긴 인물이 몇 있기는 하다. 조선 중기의 시인 권필이 현석동에서 태어나 자랐다고 하고, 화가 이중섭은 제주 생활을 마치고 신수동에서 머물며 그림을 그렸다. 김수영 시인은 구수동에서 13년을 살았고, 집 근처에서 교통사고로 숨졌다.

권필은 당대의 문장가였는데 성격이 자유분방했다. 벼슬에 오르지 않았고 광해군 정권을 풍자하는 시를 썼는데, 그게 나중에 들통나 붙잡혔다. 혹독한 고문을 받고 귀양을 가는 길에 동대문 밖 주막에서 사람들이 불쌍하다며 준 술을 잔뜩 마시고 다음 날 죽었다. 급성 알코올중독이었는지 고문 후유증이었는지 알 수 없다.

평안남도 출신인 이중섭은 6·25전쟁 때 부산과 제주로 피난을 갔다가 아내와 두 아들을 일본으로 보내고 혼자 서울에 온다. 서울 생활 첫해에는 서촌에서 살았고, 1954년 말에 신수동으로 왔다. 그즈음 극심한 가난 속에서도 열심히 그림을 그렸다. 다음 해 1월 생애 첫 전시회를 열 예정이었기 때문이다.

미도파백화점에서 열린 개인전은 성황리에 마쳤고 작품도 20점이나 팔렸다. 하지만 돈을 제대로 받지 못했다. 이후 대구 전시회까지 실패하자 이중섭은 자괴감에 빠졌고 조현병과 거식증을 앓았다. 결국 1956년에 영양실조와 간질환으로 사망했다. 병원에서는 무연고자로 분류돼 영안실에 시신이 사흘이나 외롭게 안치되어 있었다.

이중섭이 신수동에서 그린 그림 중 〈화가의 초상05 방02〉라는 작품이 있다. 그림 속에서 화가는 미소를 지으며 그림을 그리고 있다. 그림을 그리는 이중섭은 팬티 차림으로 팔레트와 붓을 들고 있으며, 옆에 놓인 담배 파이프에서는 연기가 피어오른다. 방 한구석에는 〈서울, 싸우는 소〉로 보이는 그의 그림이 걸려 있다. 발치에는 아내와 주고받은 편지가 쌓여 있다. '山本方子(야마모토 마사코)'라는 이름이 보인다.

그림 속에서 이중섭이 그리고 있는 그림은 뭘

까. 이중섭은 어떤 그림을 그리는 모습을 자신의 초상이라고 여겼을까. 이중섭과 아내, 두 아들, 그렇게 네 사람이 서로 꽉 껴안고 있는 풍경이다. 아내와 자식들을 안은 그림 속 그림의 이중섭은 붓을 든 이중섭보다 훨씬 더 크게 웃고 있다.

이중섭이 신수동에 살며 개인전을 연 1955년, 김수영 시인이 서울 성북동에서 구수동으로 이사를 왔다. 시인 부부의 그 유명한 양계 생활이 시작된 곳도 이곳이다. 부인 김현경 여사가 병아리 11마리를 사 왔는데 나중에 이게 750마리로 불었다. 닭을 키우는 것은 취미가 아닌 생계 수단이었다. 김 여사는 시인에게 "닭이 알만 낳게 되면 당신도 그 지긋지긋한 원고료 벌이 하지 않아도 살 수 있게 돼요"*라고 말했다.

김수영은 양계 책을 사서 책장이 너덜너덜해질 정도로 열심히 읽었고, 아내와 철망으로 닭장을 만들었다. 그는 모순된 감정을 느꼈던 듯하다. "병아리는 희망입니다"**라면서 "이 비참한 양계를 왜 집어치

---

* 김수영, 「양계 변명」, 『김수영 전집 2』, 민음사, 2018, 118면.

** 같은 글, 117면.

우지 못하고 있는지 모르겠습니다"*라고도 했다. 그러면서 "봄에는 알값이 떨어진다"**라며 셈을 하고, "난생처음으로 직업을 가진 것 같은"*** 뿌듯한 기분을 맛보기도 했다.

구수동으로 온 직후에는 "시를 배반하고 사는 마음", "시를 반역한 죄"****를 읊었으나, 이곳에서 첫 시집을 내고, 한국시인협회상도 받았다. 김수영이 구수동에서 쓴 시에서 피로와 체념을 읽는 이도 있고, 반대로 관조와 여유를 발견하는 평자도 있다. 시를 잘 모르는 나로서는 후자이기를 바랄 뿐이다.

김수영은 1968년 귀갓길에 버스에 치여 숨졌다. 그의 집은 구수동 42-1번지에 있었고, 바로 그 옆에 있는 신수중학교 버스 정류장이 사고 장소였다. 집에 다 와서 치인 것이다. 사고 시각은 오후 11시 20분. 다음 날 오전 9시 별세했다.

\*      같은 글, 120면.
\*\*    김수영, 「만용에게」, 『김수영 전집 1』, 민음사, 2018, 282면.
\*\*\*  김수영, 「양계 변명」, 『김수영 전집 2』, 민음사, 2018, 117면.
\*\*\*\* 김수영, 「구름의 파수병」, 『김수영 전집 1』, 민음사, 2018, 143면.

영화 〈오발탄〉을 찍은 유현목 감독과 그 부인 박근자 화가도 현석동에 살았다. 유 감독의 장인이며 박 화가의 아버지인 공예가 박성삼도 현석동에 살았다. 세계복싱협회 슈퍼 웰터급 세계 챔피언 유제두 선수는 챔피언일 때 현석동에서 살았다.

'전설의 예능국장'으로 불렸고 1988년 서울올림픽 개회식과 폐회식을 연출한 진필홍 프로듀서는 신수동 출신이 아닌가 한다. 그와 같은 한자 이름을 쓰고 같은 해에 태어난 진필홍이라는 신수동 소년이 뛰어난 그림 솜씨에도 불구하고 학비가 없어 고등학교를 자퇴해야 하는 안타까운 사연이 1961년 3월 30일자 『경향신문』에 실려 있다.

21세기 초에는 유명하지만 슈퍼스타급은 아닌 연예인 몇 명이 현석동에 살았다. 가수 K 씨, 희극인 P 씨, J 씨, K 씨, L 씨 등. 나는 가수 K 씨와 동네 술집에서 마주친 적도 있다.

현석동은 내가 떠난 2014년까지도 땅값이 그리 비싼 지역이 아니었다. 곳곳에 고물상과 물류회사 차량 기지가 있었다. 방송국이 있는 여의도와 가까우니 연예인 활동에 편리했을 것이다(MBC 사옥도 2014년까지는 여의도에 있었다). 그때까지 이 지역에 로비에 보안데스크가 있거나 으리으리하게 넓은 펜트하우스가 있는 집은 없었다. 그런 보안시설을 갖춘 집이 필요한 슈퍼스타들은 여의도에서는 몇 블록 멀어지더라도 합정역 근처 주상복합건물을 택했다. 주요 방송국이 상암동으로 이전한 뒤에는 물론 합정역 부근이 교통도 더 편리했을 테고.

*

현석동에 살았고 '나합'이라고 불렸던 여인은 분명 권력자이기는 했다. 하지만 남자가 아니었고 양반도 아니었으며 왕의 간택을 받거나 현모양처로 유명한 것도 아니었기에 공식적인 역사 기록에 이름을 올리지 못했다. 그래서 비교적 최근 사람인데도 우리는 그녀의 이름뿐 아니라 성조차 제대로 모른다. 양씨라고 알려져 있지만 정확지 않다.

그녀는 19세기 인물로, 철종 때 영의정을 세 번 연임한 당대 최고의 세도가 김좌근의 첩이었다. 전라남도 나주 출신으로 삼영동에서 태어났다고 하는데 이것도 확실치 않다(성도 이름도 제대로 모르는 판에). 어쨌든 나주시 삼영동에 가면 지금도 나합이 물을 길었다는 샘이 있고 나합을 그린 벽화도 있다.

심지어 나합이 나오는 민요 가사도 거기에 적혀

있다. "나주 영산 도내기샘에 상추 씻는 저 처녀야"라는 문장으로 시작한다. 나합은 어렸을 때부터 어마어마한 미인이라 그녀가 샘에서 상추 씻는 모습을 본 남자는 모두 상사병에 걸려 끙끙 앓았다고 한다. 탄생 설화까지 있다. 한 시대를 뒤흔들 인물이 태어날 것이라고 누가 미리 예언했다나.

그러나 그녀는 양반의 딸이 아니었고, 자라서 기생이 되었다. 그랬다가 김좌근이 나주에 가서 이 여인을 우연히 만났는지, 혹은 한양에서 소문을 듣고 찾아갔는지, 누군가 소개를 했는지, 두 사람이 만난다. 김좌근은 나라의 몰락을 부추긴 부패 정치인이었고 나합도 그 일당이지만, 두 사람은 서로 무척 좋아했고 성격도 잘 맞았던 것 같다. 고종이 왕위에 오르고 김좌근의 권세가 약해지자 대왕대비 신정왕후가 나합더러 고향으로 내려가서 돌아오지 말라고 명을 내렸는데, 명령을 받은 김좌근과 나합은 서로 껴안고 울며불며 난리를 쳤다고 한다. 김좌근이 다른 여성에게 한눈을 팔자 나합이 그의 뺨을 때렸다는 얘기도 전해진다.

아, 신정왕후의 지시는 흐지부지되었다. 대원군이 끼어들어 고종의 결혼 비용과 경복궁 재건비로 각각 10만 냥씩 총 20만 냥을 내면 나합이 계속 김좌근의 곁에 있게 해주겠다고 했고, 김좌근은 제안을 받아들였다.

김좌근은 박세채의 후손들로부터 소동루를 거의 빼앗다시피 해서 나합에게 주었고, 나합은 거기서 살았다. 지방 수령이 되려면 나합에게 뇌물을 바쳐야 했는데, 젊은 미남은 뇌물을 바치지 않아도 된다는 소문이 있었다. 사람들은 나합을 미워했고, 나합도 그 사실을 알았지만 별로 신경 쓰지 않았다. 선량하거나 정의로운 인물은 아니었지만 머리가 좋았고 배짱도 두둑했던 것 같다.

온갖 소문이 돌았다. 나합이 청탁인들과 불륜을 저지른다는 이야기, 김좌근의 아들과도 동침했다는 이야기, 소동루에 물을 길어다주는 물장수가 북청군수에 임명되었다는 이야기⋯. 사람들은 그 여인을 '나주합하부인', 줄여서 '나합'이라고 비꼬았고, 나합의 이름은 여기서 비롯된다(황제를 '폐하'라 하고, 제후를 '전하'라고 한다. 한때 대통령 뒤에 붙이던 '각하'는 대신급을 일컫는 호칭이었고, '합하'는 정일품 관직을 가리킨다).

김좌근에게도 그 말이 들렸다. "세상 사람들이 자네를 나합이라고 부르던데, 연유가 뭘까?" 김좌근이 물었다. 넌지시 경고를 하려고 던진 질문인지,

정말 궁금해서 물은 건지 그 뉘앙스를 우리는 알 수 없다.

　"남자들이 여자들을 희롱하면서 '조개'라고 비하하지 않습니까? 그래서 저를 '나주 조개'라고 하는 거겠죠." 나합은 '정승 합(閤)' 자가 아니라 '조개 합(蛤)' 자를 쓰는 거라고 둘러댔다. 태연한 표정으로 뻔뻔하게 받아쳤는지, 그런 모욕을 받아 슬프고 억울하다는 얼굴로 상대의 눈치를 살폈는지 우리는 모른다. 어차피 지나간 세월의 악당들이니, 바보 커플보다는 교활하고 담도 커서 죽이 잘 맞는 한 쌍이 이야깃감으로는 더 재미있긴 한데.

　나합이 물고기들에게 적선을 한답시고 배에 쌀가마니 혹은 갓 지은 쌀밥을 싣고 한강에 나가 강에 던졌다는 일화도 있다. 그래서 광흥창 일대 사람들은 나합의 배가 출발하기를 기다렸다가 헤엄을 쳐서 그 쌀알 혹은 쌀밥을 강에서 건져 왔다고 한다. 나는 이 설화를 『그믐, 또는 당신이 세계를 기억하는 방식』에 인용했다.

*

　광흥창역 일대에는 이 도시가 나합보다 더 적극

적으로 지워낸 보통 사람들의 슬픈 역사도 있다.

광흥창 터는 와우근린공원이 시작되는 곳인데, 이곳에는 와우시민아파트 19개 동이 있었다. 1970년 4월 8일 새벽 한 동이 무너졌고, 34명이 사망했다. 부실 공사가 원인이었다. 무면허 건설업자가 철근 70개가 들어가야 하는 콘크리트 기둥에 5개만 썼을 정도로 황당하게 지었다(이후 1990년대까지 한국에서는 이와 비슷한 붕괴 사고들이 반복된다).

그러나 와우근린공원에는 이 사고를 추모하는 조형물이나 희생자를 기리는 위령비가 없다. 적어도 내가 광흥창역 일대에 살았던 2014년까지는 그랬다. 공원 지도, 와우산에서 볼 수 있는 새와 곤충과 각종 식물에 대한 설명, 숲과 산림욕의 좋은 점, 공원 내 금지 행위, 와우산에 있는 사찰 영통사의 유래, 심지어 약수터의 기원이 적힌 안내표지판까지 있다. 하지만 1970년 4월 8일에 이곳에서 어떤 비극이 발생했는지에 대해 이 공원은 아무 말도 하지 않는다. 와우산에 대한 풍수지리설적 해석을 설명하면서, 와우산은 소가 누워 있는 모양인데 소 머리는 어느 자리이고 여물통은 어쩌고 하다가 "엉덩이는 와우시민아파트 자리에 있었던 데서 유래되었다고 합니다"라고 적어놓은 게 전부다.

그나마 와우시민아파트는 그렇게 한 번 언급이라도 된다. 와우시민아파트 아래 있었던 판자촌에 대해서는 아무 말이 없다. 산중턱에 지어졌던 와우시민아파트는 무너지면서 도시 빈민들이 살던 산기슭 아래 무허가 불량 주택 세 채를 덮쳤다. 그곳에서도 사망자와 부상자가 나왔다.

한국 사회는 그런 죽음들을 적극적으로 잊어버리려 했다. 아예 그런 사고가 일어나지 않은 척 굴었다. 성수대교 붕괴 사고 희생자 위령비, 삼풍백화점 붕괴 사고 희생자 위령탑, 씨랜드 화재 희생 어린이 추모비도 모두 사고 현장과 떨어진 곳에, 일반인이 잘 모르거나 찾기 어려운 곳에 있다. 삼풍백화점이 무너진 자리에는 그로테스크하게도 호화스러운 주상복합건물이 들어섰다.


현수동에는 와우근린공원에 와우시민아파트와 그 아래 판자촌의 비극을 조용히 기억하는 조형물이 있다. 지나치게 감상적이지 않고, 주변 나무들과 어울린다. 사람들이 손으로 어루만질 수 있는 형태를 상상한다. 행복한 얼굴로 웃는, 1970년대 4인 가족의 모습이어도 될 것 같다.

현수동은 보통 사람들의 평범한 삶을 기리는 동

네다. 갑남을녀가 웃었던 현장을 소중히 여긴다. 그들이 눈물 흘렸던 현장을 기억한다. 마을기록활동가들이 모임을 만들고 구술사를 채집해서 작은 정기간행물을 낸다. 수원 화성 주민들이 만드는 골목잡지 『사이다』 같은.

현수동에 말을 탄 장군이나 엄숙한 표정을 짓고 있는 군주의 조각상은 없다. 대신 골목 곳곳 뜻밖의 장소에 작은 동상이나 나무 조각상들이 있다. 망치질하는 대장장이의 동상, 메주를 말리는 여인의 동상, 피리를 불며 양을 치는 1950년대 소년의 동상, 공장에서 일하는 여자 친구를 기다리는 1960년대 청년들의 동상, 책가방을 메고 까불며 걸어가는 1970년대 소녀들의 동상, 지하철역으로 뛰어가는 1980년대 샐러리맨의 목상. 이 조각상들은 뜻밖의, 하지만 보행을 방해하지는 않는 위치에 있고, 실제 사람보다 조금 작은 크기다. 그래서 지나가는 사람들이 편안한 자세로, 애틋한 기분으로 그들과 눈을 맞출 수 있다. 고개를 들어 우러러봐야 하는 조각상이 아니다. 이 동상과 목상들은 다 웃는 표정이고, 친근한 이름을 하나씩 갖고 있다.

현수동의 골목에는 이중섭의 〈화가의 초상〉이 작은 벽화로 그려져 있으면 좋을 것 같다. 박근자의 그림과 영화 〈오발탄〉의 한 장면도 좋다. 김수영이 구수동에서 쓴 시들이 적혀 있어도 좋다.

무속을 질색하는 사람이 쓴 현수동의 전설

유현준 교수의 『도시는 무엇으로 사는가』를 읽다가 무릎을 치며 감탄한 적이 있다. 유 교수는 이 책에서 '거리의 이벤트 밀도'라는 개념을 제시한다. 건조하게 설명하면 '백 미터를 걸을 때 들어갈 수 있는 입구의 수'다. 강북의 작은 골목들은 이벤트 밀도가 높고, 강남의 대로는 이 수치가 낮다.

이벤트 밀도가 높으면 그만큼 걸으면서 '저기 뭐가 있지, 저 골목으로 들어가볼까' 하는 유혹을 많이, 자주 받게 된다. 그런 때 보행자는 재미를 느끼고, 또 자신이 무언가를 선택할 수 있다는 기분을 받게 된다. 실제로도 더 다양한 체험을 할 수 있다. 그래서 강북 골목은 걷기에 재미있고, 강남의 대로들은 그렇지 않다는 것이다.

무척 통찰력 있는 분석이라고 생각했는데, 유 교수가 걷기에 재미있는 거리의 예로 명동을 들어서 그 대목을 읽으면서는 슬그머니 미소를 몇 번 지었다. 나는 명동 거리를 걸으면서 재미있다는 생각을 해본 적이 한 번도 없기 때문이다. 명동의 골목 입구들은 내게 유혹적이지 않았다. 왜 그런가 생각해보니 사람이 너무 많아서이기도 하지만, 그 골목에 있는 상점들이 파는 물건에 내가 별로 관심이 없어서라는 이유도 컸다. 화장품, 옷, 신발, 짝퉁 가방, 길거리

음식에 나는 흥미가 정말이지 전혀 없다. 애플스토어 명동점에서 파는 아이폰, 아이패드, 맥북에 대해서도 마찬가지다.

내게는 명동보다는 가로수길이, 그리고 그보다는 연남동이나 상수동이 더 재미있다. 그곳 골목에는 관심이 가는 카페나 식당, 작은 서점들이 있다. 그런데 내게는 그런 가게들보다 훨씬 더 재미있는 아이템이 있다. '이야기'다. 바로 그런 이야기들이 광흥창역 일대 골목에 가득했다.


광흥창역 일대에서 살 때 나는 그런 민담의 배경이 되는 장소들을 샅샅이 훑었다. 새벽이나 주말에 스마트폰 지도 앱을 켜고 찾아가서 사진을 찍었다. 그 설화들은 모두 조금씩 어긋나 있었고, 명쾌하지 않았다. 한 장소에 두 가지 이상의 이야기가 얽혀 있거나, 다른 지역의 설화와 너무 닮아서 아마도 어느 한쪽이 베낀 게 아닌가 의심되거나, 혹은 그 자체로 어색했다.

예를 들어 현석동이라는 이름의 유래에는 앞에서 소개한 세 가지 설 외에 또 다른 이야기가 있다. 시대는 인조 때. 청나라가 침공해 오자 임금이 강화도로 도망을 치려다 남한산성으로 발길을 돌렸다. 한강을 건너려 배를 구했는데 그 배의 사공은 서강나루에 살던 손돌이었다.

　강을 건너던 중 배는 강 한가운데서 갑자기 폭풍을 만났다. 주변 다른 지역은 괜찮은데 배가 가는 길에만 비바람이 불고 소용돌이가 생기는 걸 본 신하들이 손돌을 의심해 죽여야 한다고 주장했다. 한심한 왕과 쓸모없는 신하들이 뱃사공을 꽁꽁 묶어 강에 던지니 날이 갰다. 잔인한 남자들이 한강 남쪽에 도착해 강북을 바라보니 손돌의 어머니와 부인이 통곡하고 있었다. 그 뒤로 사람들이 손돌을 선돌이라 부르게 되고, 왜 그렇게 표기했는지 모르겠지만 선돌을 한자로 현석(玄石)이라고 적으면서 손돌이 살던 동네가 현석동이 되었다는 것이다.

　그런데 이 손돌 설화는 강화도에도 거의 같은 내용으로 전해진다. 시대는 고려, 침략해 온 외적은 몽골, 건너야 하는 곳이 한강이 아니라 김포와 강화 사이 강화해협인 점이 다를 뿐이다. 김포에 손돌묘가 있고, 강화도 앞바다 물살 거센 곳을 손돌목이라 부르며, 손돌바람, 손돌추위, 손돌신 같은 표현도 다 이 지역을 배경으로 하는 걸로 보아 아마 손돌 설화의 원조는 강화도 버전인 것 같다.

　사실 소양강 댐에서 초당 몇백 톤씩 물을 방류

하지 않는 이상 태풍이 불어도 서울 서쪽 한강의 강물은 그냥 일렁이는 정도다. 바다의 풍랑에 비할 바가 못 된다. 뭐 내륙 용오름 현상이 일어났다고 억지로 끼워 맞출 수는 있겠지만.

서강나루에 살았던 옛 사람들도 손돌 설화가 강화도에 전해 내려오고 있다는 것을 알았던 듯하다. 그래서 어떤 전승에서는 고려시대 억울하게 죽은 손돌의 넋이 4백 년 뒤에 서강나루의 뱃사공 현석에게 씌워졌다고 한다. 원혼이 4백 년을 기다렸다가 똑같은 방식으로 억울하게 다시 죽으려고 돌아왔다고? 같은 상황에서 다른 결말을 내보려고 4백 년을 벼른 영혼이 인생 2회차에도 실패했다는 지독히 냉소적인 이야기일까?

*

신수동교회 근처에는 1977년경까지 장수바위라고 하는 큰 바위가 길 한가운데 있었다고 한다. 여기에는 아기장수에 얽힌 전설이 있는데, 전국 곳곳에 퍼진 아기장수 설화 중 하나다. 비범하게 태어난 초인이 뜻을 펼치지 못하고 일찍 생을 마감하는 이야기. 그래도 신수동 버전에서는 부모가 아이를 살해하지는 않는다.

신수동 버전에서는 노부부가 결혼한 지 28년
이 넘도록 아이를 갖지 못해 근심하다가 재산 절반
을 시주한 뒤 아기장수를 얻는다. 아기장수는 어머니
배 속에 열다섯 달이나 있다가 나와서는 태어나자마
자 활을 쏘고 한 손으로 커다란 나무를 뽑았다고. 옛
날에는 칠삭둥이, 팔삭둥이를 다소 모자란 아이로 받
아들였으므로, 반대로 어머니 배 속에 오래 있었다면
비범하다는 의미로 여겼나 보다.

한데 그 무렵 조정에서는 장사들이 반역을 꾀할
우려가 있다고 해서 하나씩 잡아들이고 있었다. 노부
부는 아이의 능력을 감췄지만, 부인을 사모하던 동
네 홀아비가 관가에 어린 초인의 존재를 알렸다. 일
곱 살이 된 아이는 바위를 던지며 관군에 저항했지만
끝내 체포되어 처형당했다. 아이의 어머니는 한강에
몸을 던졌다. 그 아기장수가 포졸들에게 던진 바위가
바로 신수동교회 조금 아래쪽에 떨어져 거기에 놓였
다는 이야기다.

다른 지역 아기장수 설화에는 흔히 용마(龍馬)
가 등장하기도 하는데, 신수동에서는 살짝 비슷한 다
른 설화에 신비한 능력의 말이 나온다. 신수동주민센
터 뒤편에 있었다는 박석거리에 얽힌 이야기다.

박석거리 전설의 주인공은 요즘 웹소설 용어로 '힘숨찐'이다. 그는 아기장수보다 세상 물정을 잘 알아서, 초능력을 숨기고 평범한 대장장이로 살았다. 부모와 아내조차 이 대장장이가 완력이 무척 세다고만 생각했지, 신통력까지 지닌 줄은 몰랐다.

　　노량진에서 큰 굿판이 벌어지는 날, 대장장이 장사의 부모가 굿을 구경하러 갔다. 대장장이는 부인과 집에 남았는데, 아내가 아쉬워하는 모습을 보고 딱한 마음이 들었다. 여보, 당신도 굿판을 보고 싶어 하는 줄 미처 몰랐네. 지금이라도 가볼까? 대장장이 남편이 사랑하는 아내에게 묻는다. 괜찮아, 안 늦었어. 내가 시키는 대로 하면 돼. 이 행주치마로 눈을 가릴래? 아내가 시키는 대로 하자 잠시 뒤 주변에 바람이 일고 몸이 붕 뜨는 느낌이 든다. 하지만 어지럽지 않다. 따뜻하고 안전한 기분이다. 잠시 후 어딘가에 사뿐하게 착지하는 것을 느낀다. 남편이 행주치마를 풀어주자 놀랍게도 굿 준비가 한창인 노들나루다.

　　신나게 굿 구경을 한 부부는 이번에도 같은 방식으로 신수동에 돌아온다. 대장장이의 부모는 무슨 일이 벌어졌는지 눈치채지 못하고, 볼이 상기된 며느리 앞에서 그날 보고 들은 것을 자랑하기 바쁘다. 대장장이 초능력자는 그저 웃고만 있다. 그리고 어쩔 수 없는 운명의 힘에 의해, 아내는 남편의 신통력을 이웃에 소문내고야 만다.

초인을 두려워하는 정부가 포졸을 보내 대장장이를 체포한다. 대장장이는 아기장수와 달리 저항하지 않고 끌려간다. 어쩌면 그는 일상으로 복귀할 수 있다는 희망을 품었는지도 모른다. 하지만 그의 연기는 통하지 않는다. 관리들은 그가 초능력자인지 아닌지 관심이 없다. 의심스럽다는 이유만으로도 충분하다. 대장장이가 형틀에 묶여 고문을 받는 동안 아내는 관아 밖에서 가슴을 치며 통곡한다.

사람들은 대장장이의 시신을 신수동고개에 버린다. 그날 밤 고개에 번개가 치고 뿔과 날개가 달린 흰 백마가 나타난다. 용마는 대장장이가 살았던 집을 한참 바라보고 하늘을 향해 크게 운다. 용마가 발굽으로 땅을 치자 근처 바위들이 바스러진다. 용마가 하늘로 날아간 뒤 거리에는 그렇게 부서진 돌 조각이 깔린다. 이후 마을 사람들은 그곳을 박석(薄石)거리라고 부른다.

그런데 박석거리에는 또 다른 전설도 있다. 이 부근에 부자가 살고 있었는데, 비 올 때 땅이 질척거리는 것이 짜증 난 나머지 하인들을 시켜 작은 돌을 깔게 했다는 얘기다. 훨씬 밋밋하지만 아무래도 이쪽이 더 현실성이 있다. 실은 초능력자 대장장이와 민자 인프라 사업을 벌인 부자 양쪽 모두 존재하지 않았을 듯싶다. 둘 다 그저 자갈이 많은 특이한 길을 보고 이 지역 사람들이 떠올린 상상 속의 인물일 가능성이 높다.

그런 전승들을 둘러싸고 분명하게 말할 수 있는 사항들은 이렇다. 이곳에 살았던 사람들 대부분은 지배계층이 아니라 지배를 받는 계층이었다는 사실. 그들이 지배계층을 원망하고 두려워했다는 사실. 하지만 새로운 세상이라는 전망을 감당할 정도로 담대하지는 못해서, 비극적인 꿈으로 타협했다는 사실.

이곳에 살았던 사람들이 매일 보는 바위나 자갈길에 멋진 사연이 얽혀 있기를 바라서 그런 이야기를 지어내고 들려주고 듣는 일을 무척 즐겼다는 사실도 알 수 있다. 그들은 나처럼 이야기에 굶주려 있어서, 조금이라도 흥미로운 이야기가 있으면 되풀이해서 듣고 또 들었다. 조금씩 살을 붙이기도 했다. 지금 내가 그러듯이.

\*

그런가 하면 김판돌 설화처럼 어떻게 해석해야

할지 감이 안 잡히는 전승도 있다. 김판돌은 현수동 주민은 아니고, 지금의 마포역 동쪽인 도화동에 살았다. 과거에 복사골이라고 부르던 동네다. 하지만 김판돌은 밤섬에 와서 물고기를 잡았으므로, 그의 직장이 현수동에 있었다고 할 수는 있겠다.

김판돌 설화의 내용은 이렇다. 고종 때 어부인 김판돌이 어느 날 배를 타고 집에 돌아오다 보니 복사꽃이 활짝 핀 자기 동네가 너무 아름다웠다. 그래서 집에 빨리 가려고 서두르다가 배가 닻을 내리자마자 뭍에 도착했다고 생각하고는 뛰어내려 그만 익사하고 말았다…. 이게 전부다.

이 설화에서 가장 이상한 점은 죽은 사람이 죽기 전에 무슨 생각을 했는지 어떻게 아느냐는 것이다. 김판돌이 "와! 복사꽃이 활짝 핀 우리 동네가 너무 아름다워! 빨리 집에 가야겠는걸! 어이쿠! 다 온줄 알았는데 아직도 강 한복판이네! 사람 살려!" 이렇게 큰 소리로 외치면서 숨졌단 말인가?

두 번째는 픽션이건 실화이건 이야기로서 완성도가 심히 떨어지는 이 전승이 오래 살아남았다는 점이다. 흥미로운 구석도 아련한 대목도 없고, 민중의 염원을 대변하거나 근처 지형지물의 기원을 설명하는 이야기도 아닌데 말이다. 사람들이 이곳에서 고기를 잡고 뱃놀이와 물놀이를 하던 시절, 한강 연안 곳곳에 구덩이가 있으니 물이 얕아 보인다고 방심하면 안 된다는 교훈을 전해야 할 필요 때문에 만들어지고 전파된 설화일까?

사실 한강 익사 사고는 1960년대까지도 흔했다. 1965년 6월 27일에는 하루 사이에 한강에서 16명이 빠져 숨졌다는 기록도 있다. 배가 침몰한 사고가 아니다. 그 전해인 1964년 6월부터 9월까지 넉 달 동안 한강에서 익사한 사람은 146명이었다. 부주의로 인한 사고도 있고, 자살 사건도 있었다. 그중 어떤 사건들은 지금처럼 뉴스의 유통 속도가 빠르지 않은 시대였기에 이야기에 굶주린 사람들이 되풀이해서 듣고 또 들었을 내용이다. 사연 주인공들의 이름과 사건이 일어난 위치, 날짜는 자세히 적지 않겠다.

1955년 9월 마포구 현석동에 사는 29세 ○○○ 씨가 한강에서 수영을 하다 익사했다. 23세 부인은 그날 밤 강변에서 밤새워 울다 다음 날 오후에 '남편의 시신과 한 무덤에 묻어달라'고 유서를 쓰고 강에 몸을 던졌다. 결혼한 지 2년 된 부부였다.

1964년에는 21세와 19세 커플이 현석동 절벽에서 강으로 뛰어내렸다. 두 남녀는 3년간 연애를 해온 사이였는데 부모가 결혼을 반대하자 극단적인 선택을 했다.

코믹한 사연도 있다. 1962년 7월 현석동 앞에서 뱃놀이를 하던 ○○○ 씨는 남편과 말다툼을 벌이다 화가 나자 참지 못하고 죽겠다며 한강에 뛰어들었다. 그러자 남편이 자기도 죽겠다며 강에 몸을 던졌다. 오후 11시가 넘은 시각이라서 위험한 상황이었지만 다행히 지나가던 순경과 동네 청년들이 부부를 구조했다.

한강이 아닌 곳에서도 여러 사건이 있었다. 어떤 사건들에는 다른 사건보다 더 눈길이 갔다. 그 사건들에서 시대 배경을 읽어내고 거기에 어떤 사회학적 의미를 부여할 수는 있다. 그런데 굳이 그러고 싶지 않기도 하다. 그냥 그대로 두고 싶다.

내가 좋아하는 일본 사회학자 기시 마사히코가 산문집 『단편적인 것의 사회학』 한국어판 서문에 이렇게 썼다. 이 책에 딱히 내세울 만한 주제가 있지는 않다고, '살아간다는 것은 무엇인가?'라는 정도로 묶을 수는 있지만 그냥 흐리멍덩하고 애매모호한 책이라고. 나는 현수동의 어떤 이야기들을 그런 태도로 대했다.

1972년 신수동에 있는 한 여관에 스무살 여성

○○○ 씨가 남성 한 명과 함께 투숙했다. ○○○ 씨는 다방에서 일했고, 딱히 정해진 주거지가 없었다. 여성이 2박 3일간 여관에 머무르는 동안 청년 서너 명이 그 방을 들락거렸다. 마지막으로 나온 이십대 남자가 여관 종업원에게 "여자가 약을 먹었다"고 말하고는 사라졌다. 놀란 종업원이 방에 들어가보니 여성이 알몸으로 숨겨 있었다. ○○○ 씨의 일기장 마지막 페이지에는 '사랑하면서 살고 싶다'고 적혀 있었다.

1978년에는 신수동의 한 공장에서 밤에 불이 났다. 2층에서 사람이 살기도 하는 공장이었는지, 아니면 옆집으로 불길이 번진 것인지 모르겠다. 34세 여성이 화재를 피해 집 밖으로 나왔다가 사람들의 만류를 뿌리치고 다시 집으로 들어갔다. 2층에서 자고 있던 다섯 살짜리 아들을 구하기 위해서였다. 어머니는 아들을 창밖으로 던져 살리고, 자신은 그곳에서 숨졌다.

1969년에는 하중동에 사는 사십대 여인이 남편의 눈을 실명하게 만든 혐의로 경찰에 붙잡혔다. 그 여인은 자신의 집에 세 들어 사는 또 다른 사십대 여인과 동성애 관계였다. 남편이 그 관계를 말리자 이 여성은 돌로 남편의 눈을 때렸다. 그리고 딸과 힘을 합쳐 남편을 집에서 쫓아냈다.

여러 궁금증이 이는 사건이다. 딸이 왜 어머니 편을 든 걸까? 남편이 평소 폭력을 행사하던 사람이 었던 것은 아닐까? 과연 그 부인이 셋방 여성과 동성 애 관계였던 것은 맞을까? 원래 동성 연인이었던 두 사람이 임대 계약을 맺고 한 지붕 아래서 남자 몰래 동거를 한 걸까, 아니면 집주인과 셋방 거주자가 어 느 날 사랑에 빠진 걸까?

그해 가을 창전동의 두 주택에는 50일 넘는 기 간 동안 주먹만 한 돌멩이가 수백 개나 날아들었다. 유리가 깨지고 부상을 입는 사람도 나왔다. 두 집 가 족이 공포에 떨며 살아야 했다. 경찰이 잠복 수사 끝 에 동네 아이들을 검거하고 그들의 장난이라고 결론 지었다. 그런데 수사 결과를 비웃기라도 하듯 10여 일 뒤 다시 돌이 날아들었다.

나중에 붙잡힌 범인은 피해 주택 중 한 집에 고 용된 스무 살 식모였다. 그녀는 의심을 피하려고 자 신과 상관없는 집에도 돌을 던졌고 자기 허벅지에 돌 에 맞은 상처를 내기도 했다. 그녀가 왜 그런 범행을 저질렀는지, 어떤 학대를 받았던 것은 아닌지, 과연 경찰 수사가 제대로 이루어졌는지는 알 수 없다.

*

　큰 강과 바다에서 사람은 빠져 죽는다. 동시에 큰 강과 바다는 큰돈을 벌 기회의 장이기도 하다. 그래서 큰 강과 바다 앞에서 사는 사람은 하늘에 비는 것이 많다. 배가 폭풍을 만나지 않게 해주세요. 물고기를 많이 잡을 수 있게 해주세요.

　오래된 항구에는 무속인들이 모이고, 민속신앙 예식도 자주 벌어진다. 배를 처음 띄울 때는 배연신굿을 하고, 겨울바람을 몰고 오는 신의 비위를 맞추려 영등굿을 벌인다. 어부들을 위해서는 별신굿을, 해녀들을 위해서는 잠수굿을 올린다. 용왕굿이나 뱃노래굿이라는 이름으로 풍어제를 치르는 지역도 있다.

　마을 수호신을 모아놓은 신당을 서울과 경기도에서는 부군당이라고 부른다. 지방에서 서낭당 혹은 성황당이라고 부르는 곳과 같은 개념의 장소다. 서강나루와 마포나루 부근에는 일제시대까지도 그런 신당이 60곳이나 있었다고 한다. '마포 3주'라는 말도 있었는데 객주, 색주, 당주가 많다는 의미였다.

　지금의 밤섬경남아너스빌아파트 단지 위치에는 예전에 신수동 복개당이 있었는데, 이곳의 주신은 세조였다. 이 신당은 제법 규모가 커서 조선 말까지 제관이 열 명이 넘었고, 일제시대까지도 대여섯 명이나 됐다고 한다. 1970년대 말에 도로공사를 하며 헐었고, 신당의 유물은 에밀레박물관과 국립민속박물관으로 옮겨졌다. 신수동 복개당은『인조실록』과『승정원일기』에서도 언급된다.

마포강변힐스테이트아파트 단지 안에는 현석동 부군당이 있었다고 하는데, 기록들이 혼란스럽다. 그곳에서 모셨다는 수호신이 태조 이성계라는 얘기도 있고, 사공 손돌이라는 얘기도 있다. 밤섬공원 앞에는 사도세자 사당이 있었다고 하는데, 그 신당은 현석동 대동당이라고 부른 것 같다. 그런데 어쩌면 현석동 부군당과 대동당이 같은 당집인지도 모른다.

전설에 따르면 사도세자가 아끼던 궁녀가 궁궐을 떠나 자살하고 유령이 되어 33년 동안 매일같이 이곳 사당에서 우물물을 떠서 세자의 제사를 드렸다고 한다. 마을 주민들은 그 궁녀가 죽은 사람이라는 것을 몰랐다. 궁녀의 유령은 정조가 즉위해 사도세자의 묘를 양지바른 곳으로 이장하자 사라졌다.

지금도 광흥창역 일대에는 당집이 두 곳 있다. 하나는 광흥창 터 바로 옆에 있는 공민왕사당이다. 국가등록문화재이며, 매년 10월 21일에 공민왕사당제가 열린다. 사당 안에는 공민왕과 노국공주, 최영

장군을 그린 무속화가 있다. 이 동네 사람들은 공민
왕을 서강나루의 수호신으로 모시고 뱃길이 무사하
기를 빌었다.

　　건물은 6·25전쟁 이후 다시 지은 거라고 하지
만 사당 자체는 조선 초부터 있었다. 동네 노인의 꿈
에 공민왕이 나타나 이곳에 나를 위한 사당을 지으면
마을이 번창할 거라고 했다는 이야기도 있고, 그 꿈
을 꾼 게 동네 노인이 아니라 광흥창 창고지기였다는
설도 전해 온다. 조선시대에 공민왕사당을 세우고 싶
었던 마을 사람들이 누군가의 꿈을 핑계로 댔는지도
모르겠다(공민왕은 재위 시절 실제로 서강나루로 종
종 놀러 왔다).

　　공민왕사당과 달리 밤섬부군당은 다소 찾기 어
렵다. 창전동 삼성아파트 111동 앞에 있는데, 이곳에
서도 매년 밤섬부군당제가 열린다. 밤섬부군당 도당
굿 보존위원회가 주최하며 2022년에는 마포구청장
도 참석했다. 밤섬 원주민들은 이 부군당의 역사가
6백 년이 넘었다고 주장한다. 밤섬부군당 도당굿은
서울시 무형문화재이기도 한데, 밤섬과 밤섬부군당
에 대해서는 다음 장에서 자세히 다루기로 하자.

　　역사 교과서에 실리지 않을, 하지만 살아 있는

사람들의 모습을 담은 꿈같은 이야기라는 점에서 영화를 현대의 전설이라고 부를 수 있을까?

밤섬이 나오는 유명한 영화로 〈괴물〉(2006)과 〈김씨 표류기〉(2009)가 있다. 현석동 한강공원에도 두 영화를 소개하는 안내판이 세워져 있다. 그런데 두 영화에서 밤섬이 비중 있게 나오는 것은 사실이지만, 밤섬을 보는 영화 속 인물들은 현석동이 아니라 한강 건너편에 있다. 〈괴물〉에서 강두가 일하는 간이매점은 여의도 한강공원에 있고, 〈김씨 표류기〉에서 여자 김씨가 사는 집은 여의도 초원아파트다. 보다 덜 유명한 영화로 〈구미호 가족〉(2006)이 있다. 이 영화에서 등장인물 미스 황이 투신자살을 시도하는 장소가 밤섬과 현석동 사이 서강대교 위다(내가 쓴 소설 『표백』에는 현수동이라는 지명은 등장하지 않지만 서강대교에서 뛰어내려 자살하는 젊은이가 나온다).

현수동 구역이 가장 많이 나오는 영화는 〈여자, 정혜〉(2005)다. 김지수 배우가 연기한 주인공 정혜가 일하는 곳이 신수중학교 맞은편에 있는 신수동우편취급국이다. 영화의 절반 이상이 신수동에서 촬영되었다. 정혜는 신수중학교에서 아이스크림을 먹고, 우편취급국에 원고를 부치러 오는 남자 작가에게 관심을 품는다. 남자 작가는 황정민 배우가 연기했다.

　나는 2005년에 이곳을 찾았다. 서울시를 담당하는 기자였는데, 영화 속 장소들을 소개하는 기사 시리즈를 기획해서 연재하고 있었다. 신수중학교와 신수동우편취급국을 보며 서울에 이렇게 조용하고 아름다운 동네가 있구나, 하고 감탄했다. 여기서 살고 싶다고 생각했다. 당시 내가 쓴 기사에도 그런 마음이 담겨 있다. 나는 3년 뒤 그 동네로 이사를 갔다. 신수동우편취급국에서 출판사로 원고를 부치기도 했다. 우체국 직원과 긴 대화를 나누지는 않았다.

　고백하건대, 현수동의 영화에 대해서 말할 때보다 이곳 전설이나 과거 사건들에 대해 말할 때 더 가슴이 설렌다. 영화는 앞뒤가 너무 잘 맞아떨어진다. 이번에도 기시 마사히코의 말을 빌리면, "딱 정해져 고정되어 있는 의미밖에 전할 수 없는 세계 역시 숨 막히는 세계"*다. 물론 픽션에도 해석의 자유라는 게 있지만, 전승에 비하면 그 폭이 좁다. 광흥창역 일대의 설화들은 아귀가 잘 안 맞아서 더 매력적이다.

　*　기시 마사히코, 김경원 옮김, 『단편적인 것의 사회학』, 위즈덤하우스, 2016, 6면.

나는 무속이라면 질색하는 사람이다. 모든 종류의 미신을 적으로 삼고 있다. 각종 음모론과 괴담 같은 현대의 미신까지 포함해서. 하지만 공민왕사당이나 밤섬부군당을 없애야 한다고 여기지는 않는다. 오히려 그 반대다. 그런 장소와 풍습이 있어서 현수동이 더 풍요로워진다고 느낀다.

여기에 해결 불가능한 모순이 있다. 사실과 논리를 무엇보다 존중하고, 인간 사회가 이성에 의해 움직여야 한다고 굳게 믿으면서도, 세계와 삶에 이성으로 풀지 못하는 수수께끼가 있기를 바란다. 초자연적인 현상에 매료되면서도, 그 현상을 과학으로 설명할 수 있다고, 그래야 한다고 생각한다.

무언가 장엄한 것, 신비로운 것을 체험하며 살고 싶다. 영성을 알고 싶다. 때로는 계몽시대 이후의 현대인은 근본적으로 이런 소망을 이룰 수 없는 것 아닌가 두렵기도 하다. 그러나 시야가 탁 트인 곳에서 하늘을 가득 채운 구름이 시시각각 모양을 바꾸다 점점 붉게 물들어가는 모습만 한참 보고 있어도 압도적으로 거대하고 아름다운 불가사의를 얼마간 경험하게 된다. 풍성하게 살고 싶다면, 그런 체험을 정기적으로 꼭 해야 한다고 나는 믿는다.

현석동에 살 때 나는 그런 경험을 아주 자주 했

다. 바로 가까이에 아름다운 수수께끼가 있었다. 다른 동네에는 없는, 광흥창역 일대에만 있는, 오래되었으면서도 여전히 진행 중인, 기묘하고 아련한 서사시가 눈앞에 있었다.

이제 밤섬 이야기를 할 차례다.

밤섬에 가본 적 없는 사람이 쓴 현수동의
밤섬

밤섬은 서강대교 중간에 있는 한강의 섬이며, 전에는 한자로 율도(栗島)라고 부르기도 했다. 과거 행정구역도 서강방 율도계, 서강면 율도, 경성부 율도정, 마포구 율도동 등이었다. 홍길동이 조선을 떠나 찾아갔다는 이상향 율도국과 한자 표기가 같다. 지명의 기원은 단순한데, 와우산에서 내려다보면 섬 모양이 밤알을 까놓은 것 같았다고 한다. 18세기 화가 심사정이 그린 밤섬을 보면 딱 밤알처럼 생겼다.

고려 말기에는 귀양지였다고 하고, 조선 초기부터 주민이 살았다고 한다. 뽕나무를 많이 키워 서쪽의 잠실이라는 뜻으로 서잠실이라고도 불렀다. 『세종실록』에는 이곳 뽕나무가 8,200그루가 넘는다고 나와 있다. 땅이 무척 기름졌던 모양이다. 문종 때에는 아예 밤섬에 뽕나무 묘목이 아닌 다른 농작물은 심지 못하도록 했다.

뽕나무보다 유명한 생산물은 목선이었다. 밤섬 목수들의 실력이 뛰어나 황해도에서도 배를 주문하러 찾아왔는데, 목수들 중에는 마씨, 판씨, 석씨, 인씨, 선씨 등 드문 성을 가진 사람들이 많았다. 밤섬은 그런 희성 집성촌이기도 했고, 그런 연유로 폭파되고 난 뒤에도 주민들의 유대가 끈끈했다.

옛 기록을 읽다 보면 오래전부터 사람들이 밤섬

을 '신비의 섬'으로 취급했음을 알게 된다. 대동여지
도에는 밤섬과 여의도가 붙어 있는 걸로 나오는데,
아마 한강 수위에 따라 모래사장으로 연결되기도 하
고 떨어지기도 하는 지형이었던 것 같다. 한때 밤섬
의 행정구역도 여의도와 함께 여율리였다.

이 구역에 대해 『명종실록』에는 외부의 시선이
미치지 않는 구역이라 섬 주민들이 방종하게 살고 있
다며 개탄하는 내용이 있다. 사촌이나 오촌 사이에도
결혼하며, 홀아비와 과부가 마음 맞으면 쉽게 동거하
고, 남녀가 한강을 건널 때 옷을 걷거나 벗는 게 예사
이고, 그럴 때 서로 몸을 붙들기도 한다는 것이다.

『명종실록』에는 그런 일이 벌어지는 곳이 여의
도로 나와 있다. 하지만 '너른벌'이라는 이름 그대로
벌판이었던 여의도보다는 뽕나무가 많은 밤섬 쪽이
남녀상열지사를 치르기에는 더 적합하지 않았을까
싶다. 조금만 걸으면 되는데. 내 추측이 아니라 『조선
과학실록』을 쓴 이성규 『사이언스타임즈』 객원편집
위원의 의견이다.

서울시는 1968년 한강 홍수를 방지하고 여의도
를 개발하겠다며 밤섬을 폭파한다. 밤섬에서 채취한
석재는 여의도 공사에 들어갔다. 1960년대 중반까지

밤섬 주민은 천 명에 가까웠다. 그들을 다 나가라고
한 것이다. 지금 같으면 난리가 났을 계획이지만 쿠
데타로 집권한 정권이 워낙 강력하고 무섭던 시절이
었다.

　　반복되는 수재에 진저리를 낸 주민들도 있었다.
한강에 홍수가 나면 밤섬 주민들은 며칠씩 섬에 갇혀
굶주리곤 했다. 1950년대에는 그런 상황에서 정말 아
사자가 나왔다. 밤섬 주민이 4일째 고립되어 있다는
소식을 전하는 1962년 『조선일보』 기사에서 이 지역
동장은 "백 명 이상이 탈 수 있는 동력선이 마련되거
나 케이블카가 있었으면 좋겠다"고 한탄한다.

　　밤섬을 폭파하기 전 여러 신문이 그곳 주민들의
생활상을 다룬 기사를 썼다. 1968년 당시 기준으로
도 밤섬 사람들의 모습은 무척 기이했던 것 같다. 『동
아일보』는 대놓고 "거의 원시공동사회 체제"라고 썼
다. "500년 동안 문명의 혜택을 모르고 살아온"(『경
향신문』)이라든가 "태고의 꿈을 간직한 마을"(『조선
일보』) 같은 표현도 눈에 띈다. 어디까지가 언론의 과
장인지 모르겠다. 밤섬 폭파를 다룬 1968년도 『조선
일보』 칼럼은 "서울에 그런 섬이 다 있었던가?"라는
문장으로 시작한다. 그 며칠 전 기사 마지막 문단에는
"서울시민에게도 잘 알려지지 않은 이 신비의 섬"이

라고 적혀 있다.

여러 언론 보도가 공통적으로 이 섬에 전기와 수도가 들어오지 않는다는 것, 그래서 집집마다 부군등이라는 초롱불을 켜며 한강물을 그대로 식수로 쓴다는 것, 그런데 도둑도 질병도 없다는 것, 그리고 부군신이라는 마을신에 대한 신앙심이 매우 깊고 그 신을 모시는 부군당이 있다는 것을 전한다.

『조선일보』에는 6·25 때 폭격에도 이 부군당은 멀쩡했다고 나오고, 『동아일보』에는 섬에 들어온 북한군이 부군당의 화상을 찢는 행패를 부렸다가 죽음을 맞았다는 일화가 나온다. 밤섬 사람들이 집단 이주를 서러워하며 했다는 말도 "부군당을 떠나면 살 수가 없다"는 것이었다고. 이전까지 밤섬 사람들은 부군당을 손가락으로 가리키는 일도 삼가고, 그 앞으로는 아이 기저귀도 들고 가지 않았다.

서울역사문화포럼 명예회장인 박경룡 박사의 저술에 따르면 밤섬 주민들은 폭파 전에 부군당을 이전하는 문제를 놓고 회의를 벌였는데, 섣달그믐부터 1월 2일까지만 문을 여는 부군당을 그 기간이 아닌 때 열어도 괜찮을지가 쟁점 중 하나였다. 결국 폭파 당일에야 사람들이 허겁지겁 부군당의 영정과 제기를 챙겼다고 한다.

밤섬이 폭파될 때 주민들은 한강변에서 그 모습을 보며 부둥켜안고 울었다. 마지막까지 밤섬에 살았던 사람은 62가구 443명이었다.

하루아침에 삶의 터전을 잃은 밤섬 주민들에게 정부는 관악구, 구로구, 성남 일대에 대체 거주지를 제시했다. 하지만 밤섬 주민들은 밤섬이 보이는 와우산 중턱을 고집했다. 정부의 보상은 차일피일 늘어졌고, 옛 밤섬 사람들은 한동안 지금의 상수역 부근에서 천막을 치고 살았다. 그러다 겨우 창전동에 자리 잡게 되었다.

박경룡 박사의 저술에 따르면 마지막까지 밤섬에 있었던 62가구 중 60가구가 창전동에 남아 평등하게 생활을 꾸렸고, 주변 이웃은 그들을 '밤섬 사람들'이라고 불렀다. 밤섬 사람들은 친목계와 상조계를 만들었고, 밤섬부군당도 창전동으로 옮겼다. 그들은 평소에는 수리공, 막노동꾼, 경비원으로 일하다가도 부군당제가 열릴 때에는 모두 참석했다.

1980년대와 1990년대 신문에 밤섬 사람들의 부군당제와 친목계에 대한 기사들이 간간이 나온다. 다른 동네로 이사를 간 밤섬 사람도 이 제사가 열릴 때에는 창전동으로 왔다. 밤섬부군당은 1997년에 잠시 철거 논란이 있었으나 잘 해결됐다. 밤섬 실향민 1세대와 그 후손들이 뭉쳐서 마포구청에 맞섰다.

그리고 이상한 일이 일어나기 시작했다.

*

밤섬을 폭파했을 때 섬의 윗부분은 거의 사라졌지만 아래 기반암은 남았다. 섬의 밑동은 그렇게 한강 수위가 내려가면 모습을 드러냈고 유량이 많아지면 수면 아래에 잠겼다. 그 주위에 토사가 쌓였다. 버드나무 씨앗이 싹을 틔웠고, 사람이 오지 않는다는 것을 알아차린 새들이 찾아왔다. 얼마 뒤에는 겨울철새가 쉬어 가는 곳이 되었다. 여름이면 섬 전체가 잠겼지만 겨울에는 그럴 걱정이 없었다.

1980년대 중반부터 밤섬은 서서히 물 위로 올라오기 시작했다. 이번에는 돌섬이 아닌, 띄엄띄엄 떨어진 모래섬이 되었다. 홍수에 강한 버드나무가 빽빽하고, 느릅나무, 억새, 갈풀이 덩굴을 이뤄 마치 정글 같은. 수면 위아래로 여러 종류의 나뭇가지와 풀이 드리워진 장소는 물고기들이 알을 낳기에 적합했다. 붕어, 잉어, 누치, 쏘가리, 메기가 오자 그 고기들을 잡아먹으려고 새들이 몰려들었다.

그렇게 세계적으로 희귀한 도심 속 철새 도래지

가 탄생했다. 2017년에 조사한 바로는 밤섬에는 식물이 138종, 조류가 50종, 곤충을 비롯한 무척추동물이 169종 산다. 밤섬에 사는 새 중에는 천연기념물도 있고, 멸종위기 1급과 2급 조류도 있다. 흰뺨검둥오리 같은 새는 원래 철새였는데 밤섬이 너무나 편했는지 이곳에서 1년 내내 살게 되었다. 그러는 사이에도 밤섬은 해마다 4,200~4,400제곱미터씩 커졌고, 합쳐졌고, 마침내는 폭파 전보다 훨씬 더 큰 섬이 됐다.

사람들은 이것이야말로 진짜 한강의 기적이라며 놀라워했다. 서울시는 밤섬에 갈대와 갯버들, 버들강아지, 찔레를 심었고, 1999년에는 이곳을 생태경관보전지역으로 지정했다. 이제 서울시의 허가를 받지 않고 밤섬에 들어가면 벌금을 내야 한다. 서강대교를 건설할 때에는 시민단체들이 밤섬 철새를 보호해야 한다며 시위를 벌였다. 서강대교는 지어졌지만 밤에 조명을 켜지 않으며 밤섬 구간에서 경적을 울리는 것도 금지되어 있다. 2012년에는 밤섬이 물새 서식지로 보호해야 할 중요한 장소로 인정받아 람사르 습지로 등재되었다.

한때 나는 밤섬이 새들의 천국이 된 데에는 고양이가 없다는 요인도 작용하지 않았을까 혼자 생각한 적이 있었다. 그런데 2019년 조사에서는 이곳에서

삶과 족제비의 배설물이나 발자국이 발견되었다고 한다. 물을 싫어하는 고양이와 달리 삶은 수영을 상당히 잘하고, 족제비는 발가락 사이에 물갈퀴가 있을 정도다. 2019년 조사팀은 수달 발자국도 찾았다. 그래도 새를 잡아먹는 육식동물이 적은 것은 사실이어서, 겨울이면 무슨 열매라도 열린 것처럼 나뭇가지마다 새들이 빼곡히 앉아 있는 모습을 볼 수 있다.

2010년대 중반부터는 흰뺨검둥오리처럼 원래 겨울철새였던 민물가마우지도 밤섬 텃새가 되어가고 있다. 지구온난화 때문에 그렇다는 얘기도 있고, 원래 서식지였던 중국과 러시아보다 한국이 살기 편하고 먹이가 많아 그렇다는 얘기도 있다.

천 마리가 넘는 민물가마우지가 한 번에 각자 20~50그램씩 밤섬에 똥을 싼다. 그 배설물에 나무가 온통 뒤덮이는 백화 현상이 2011년 이후로 주기적으로 일어나고 있다. 언뜻 보면 눈이 쌓인 것처럼 보이고, 실제로 그런 줄 알고 사진을 찍는 사람들도 있는데, 정도가 심하면 나무가 말라 죽기에 서울시 한강사업본부 작업자들이 보트를 타고 가서 물대포로 새똥을 청소한다(밤섬뿐 아니라 전국 곳곳의 하천과 호수에서 민물가마우지 수가 불어나 같은 문제가 발생하고 있다).

집중호우가 오고 나면 종이컵이며 스티로폼, 유리병, 비닐봉지, 판자 같은 각종 쓰레기가 상류에서 내려와 밤섬에 쌓인다. 이런 쓰레기들도 서울시에서 치우는데 가끔 자원봉사자를 모집할 때도 있다. 나도 해보고 싶은데, 주로 기업 단위로 참여하는 모양이다. 이렇게 청소를 하는 날에는 하루에 수거되는 쓰레기가 몇 톤에 이른다.

1980년대 중반까지 밤섬은 작은 모래섬 10여 개로 이뤄진 군도였다. 그 섬들이 합쳐지면서 1990년대에는 윗밤섬과 아랫밤섬, 그렇게 두 섬으로 정리되었다. 윗밤섬은 영등포구가, 아랫밤섬은 마포구가 관리하는데 주로 아랫밤섬이 점점 커진다. 최근에는 두 섬 사이의 물길도 거의 사라져 완전히 하나의 섬이 되어가고 있다.

1993년에는 영등포구의 초청으로 밤섬 사람들이 여의도 한강공원에서 부군당제를 지내고 옛 밤섬 땅을 밟을 수 있었다. 1994년에는 밤섬에 사람이 살았음을 알리는 표석이 세워졌다. 1998년에는 마포구가 황포돛배와 바지선을 제공해 밤섬 사람들이 1968년 이후 두 번째로 밤섬에 가게 되었다. 밤섬이 폭파된 지 30년 만이었다.

밤섬 사람들은 이제 매년 한 차례씩 밤섬을 방

문해 귀향제를 올린다. '밤섬 실향민 고향 방문'이라
고 적은 현수막도 나무에 걸고 밤섬부군당 도당굿도
지낸다. 마포구청장도 오고 국회의원도 온다. 아무리
비관적으로 세상을 보더라도, 이건 한국 사회가 전보
다 훨씬 더 염치를 갖췄다는 증거라고 생각한다.

*

　현석동에서 살 때는 집에서 밤섬이 절반쯤 보였
다. 그 위로 가끔 새 떼가 하늘을 크게 빙빙 돌았고,
그럴 때면 나는 하던 일을 멈추고 한참 그 풍경을 바
라보았다. 누가 시킨 것처럼 V 자 모양으로 날아가는
기러기들도 자주 보았다.

　그렇게 자주 바라보다가 밤섬에 관심을 품게 됐
고, 이런저런 문헌 자료를 뒤적이며 한강의 역사를
공부했다. 알면 알수록 신기하고 재미있었다. 현석동
에서 사는 동안 단편소설 「되살아나는 섬」을 썼는데,
밤섬에 부군할아버지신을 섬기는 당주 외에 또 다른
'여자굿' 당주가 있다는 설정을 깔고 있다.

　그 작품에서 여자굿 당주의 존재는 소수 몇몇
밤섬 사람들만이 알며, 은밀하게 후계자를 뽑는다.
선대 당주 새홀리기에게는 큰 비밀이 있었는데 현 당

주 긴몰개는 그게 뭔지 정확히 모른다. 긴몰개는 나그네새라는 이름이 붙을 다음 당주를 찾아야 하는데 밤섬 사람들이 흩어져 그 작업이 쉽지 않다. 긴몰개는 서강대교에서 우연히 나그네새를 마주쳤지만 그 사실을 너무 뒤늦게 깨닫는다.

「되살아나는 섬」은 연작소설집 『뤼미에르 피플』의 마지막 편이다. 『뤼미에르 피플』의 공간 배경은 신촌이고 수록작 열 편 중 아홉 편의 분위기는 기괴하거나 어두컴컴하거나 둘 다이다. 「되살아나는 섬」만 신촌에서 서강대교 사이를 무대로 하고 있고 분위기가 밝다. 2007년 말까지 신촌 원룸에서 우중충하게 살다가 현석동으로 이사 와 기분이 좋아진 내 상태가 이글에 그대로 반영된 것 같다. 옛 밤섬 주민들의 아픔을 너무 가볍게 다룬 것 아닌가 뒤늦게 후회하기도 했으나….

『뤼미에르 피플』을 쓸 때 이미 속편 계획이 있었다. 그 속편의 가제가 '시간의 언덕, 현수동'이고, 거기서 밤섬의 새 당주 이현수와 동료 장휘영(『표백』의 조연이고 『열광금지, 에바로드』의 화자이며 「되살아나는 섬」에도 이름이 나온다)이 현수동에서 벌이는 모험을 다룰 예정이다.

사실 그 모험 중 하나에 해당하는 단편소설 「한

강의 인어와 청어들」을 문예지에 이미 발표했다. 한강에 사는 인어들이 하류에서 쳐들어온 청어 떼와 싸우고 거기에 이현수와 장휘영이 말려드는 내용인데 『시간의 언덕, 현수동』에 그대로 수록하지는 않을 것 같다. 많이 수정하거나, 아니면 아예 싣지 않게 될지도.

몇백 년 전 거리에 놓인 커다란 바위나 자갈이 깔린 길을 보며 아기장수나 대장장이 초능력자 이야기를 지어낸 사람들도 나와 같은 마음이었을 것이다. 수천 년 전 밤하늘의 별들을 이으며 큰곰자리니 작은곰자리니 하는 전설을 만들어낸 그리스인들의 심리도 마찬가지였으리라. 그들은 자신들이 매일 보고 경탄하는 대상과 관계를 맺고 싶어 했다. 불확실하게나마 상대를 이해하고, 인간적인 뉘앙스를 입혀서 자신들의 삶 속으로 껴안으려 했다.

나는 밤섬에 가보지는 못했다. 서강대교의 보행구역을 통해 밤섬 위를 걸었을 뿐이다. 물론 나중에 청소 자원봉사자로 뽑히거나, 실향민 귀향제에 초청을 받는다면 무척 기쁜 마음으로 갈 것이다. 하지만 그런 기회를 얻지 못한다 해도 괜찮다. 밤섬과 나 사이의 거리는 이 정도여도 좋다는 생각이 든다.

현수동에서도 밤섬을 지금처럼 관리하면 좋겠

다고 생각한다. 서울시의 관리자들이 정해진 시기에 청소를 하고, 옛 주민들은 1년에 한 번 갈 수 있지만, 허가받지 않은 사람은 들어갈 수 없는 땅으로 남겨두고 싶다. 이게 내가 밤섬을 껴안는 방식이다.

어떤 면에서는 밤섬 자체가 현수동의 부군당이다. 사람들은 그곳을 신성한 장소로 여기고 어려워해야 한다. 함부로 대해서는 안 되는 중요한 무언가가 그곳에 어려 있다며 그 앞에서 조심스러운 태도를 지녀야 한다. 현수동 주민들은 정해진 시간에 정해진 방식으로 그곳에 들어가 예식을 치르고 공간을 가꾸며, 대신 그 장소는 공동체가 추구하는 가치의 상징이자 구심력이 된다.

현대사회가 지금 함부로 대하지 않는 대상, 중심에 둔 가치는 아마 인권일 것이다. 물론 그것은 더없이 소중하고 고귀한 가치다. 하지만 인간의 권리 외에도 우리가 공경하고 두려워해야 할 것들이 많다. 우리는 그런 것들을 너무 많이 잃어버렸다.

그게 뭘까. 밤섬은 무엇을 상징할까. 자연의 놀라운 복원력? 억눌러야 할 인간의 파괴력? 기술문명과 환경이 유지해야 할 적당한 거리? 20세기 한국에 살았던 약자들의 아픔? 우리가 저지르는 잘못을 후손들은 바로잡아줄지도 모른다는 희망? 우리 역시 아버지들이 저지른 죄의 대가를 기꺼이 받아들이고 그것을 바로잡으려 노력해야 한다는 책임감? 인간의 이해를 훌쩍 초월한 섭리와 예상치 않은 구원?

밤섬은 그 모든 것의 상징이고, 우리는 자연의 힘을, 우리 안에 있는 파괴적인 욕망과 우리가 소유하게 된 기술을, 인간의 강함을, 인간의 약함을, 사람들의 고통을, 과거를, 현재를, 미래를, 시간이 해내는 일들을, 아이러니와 불가사의를, 복잡하고 연약하고 중요한 연결들을, 세계의 질서와 그에 대한 우리의 무지를 무섭게 여겨야 한다는 게 내 대답이다.

그런 경외감을 불러일으키고 우리를 엄숙하고 경건하게 만드는 공간이 모든 동네에 한 곳씩 있기 바란다. 우리는 그런 마을에서 그 공간을 의식하며 살면서도 동시에 유쾌함을 잃지 않고, 농담을 즐기고, 미신과 유사과학을 배격하고, 체계적인 회의주의와 지적인 도전정신을 추구하는 태도를 배워야 한다. 쉽지 않은 일이리라.

차를 두려워하는 사람이 쓴 현수동의 교통

나와 달리 HJ는 현석동을 벗어나고 싶어 했다. 출퇴근 때문이었다. 당시 그녀가 다니던 회사가 현석동에서 너무 멀었고, 교통편도 안 좋았다. 우리가 살던 집에서 그녀의 사무실까지 가려면 대략 15분 정도를 걸어서 광흥창역에 도착해 지하철 6호선을 타고 합정역으로 간 뒤 거기에서 다시 버스를 잡아야 했다.

나는 집에서 지하철역까지 걸어서 15분이면 상당히 괜찮은 조건이라고 여겼는데, HJ의 견해는 달랐다. 너무 멀고 힘들다는 것이었다. 그렇게 이를 박박 갈던 HJ는 다음 집으로 아예 지하철역과 지하로 이어진 주상복합아파트를 골랐다. 나는 전업 소설가가 된 뒤로는 출퇴근을 고민할 필요가 없었고, 늘 HJ가 살자는 곳에서 살았다.

새로 이사 간 동네에서는 지하철 개표구에 교통카드를 찍고 5분 만에 우리 집 대문에 출입카드를 찍을 수 있었다. 확실히 편했다. 그 지하철역에서 HJ의 회사까지도 굉장히 가까웠고, 열차를 갈아탈 필요도 없었다. 출퇴근에 드는 시간이 채 20분도 되지 않았다. HJ는 "이제 야근해도 전처럼 마음이 무겁지 않아"라며 만족스러워했다. 집에 오는 길에 겪을 피로가 그만큼 줄어들었으므로.

하지만 하루 이용자가 50만 명이라는 그 역과

우리 집 사이의 지하주차장 통로, 그리고 단순히 번잡하다는 단어로는 형용이 어려운 주변 거리를 나는 그다지 좋아하지 않았다. 먹고 자는 동네라고 내가 무조건 정을 주는 사람이 아니라는 사실도 확실히 알게 되었다.

그러다 몇 년 뒤에는 HJ의 회사가 강남으로 이전했다. 우리는 이번에는 HJ의 회사 건물 바로 옆에 있는 아파트에 전셋집을 구했다. 회사까지 걸어서 10분도 걸리지 않는 거리였다. HJ는 오전 8시 50분에 집을 나서도 9시 이전에 사무실에 도착했다. 그녀는 직장 동료들에게는 집 주소를 알리지 않았고, 종종 점심시간에 집에 와서 밥을 먹고 갔다.

이 아파트는 지하철역에서는 다소 떨어져 있었다. HJ와 나는 '출근하기에는 편하지만 다른 지역으로 갈 때는 불편하겠군' 하고 지레짐작했다. 그런데 막상 지하철을 타고 시내로 나가는 일이 그다지 힘들지 않았다. 용건을 마치고 집에 돌아올 때도 마찬가지였다. 곰곰 생각해보니 지하철역에서 집까지의 길이 걷기 편해서였다.

걷기 편한 길은 15분쯤 걸어도 별 부담이 없었다. 집이 꼭 지하철역에 붙어 있지는 않아도 된다는 의미였다. 서울 강남에서 수원으로 이사 간 다음에는 그 점이 더 확실해졌다.

수원의 우리 집에서 가장 가까운 지하철역인 광교중앙역까지는 도보로 25분쯤 걸렸는데, 나도 HJ도 그냥 그 거리를 자주 걸어 다녔다. 집이 광교호수공원에 면해 있었는데 호수 산책로를 걸으면 오히려 힘이 나는 것 같았다. 그래서 서울에서 일을 마치고 돌아올 때 부러 먼 길을 택해 돌아오곤 했다.

그렇다면 현석동의 출퇴근길은 무엇이 문제였단 말인가. HJ가 지적한 사항은 크게 두 가지였다.

첫째, 집에서 지하철역까지 가는 길에서 절반 정도의 구간이 차도와 인도가 분리되지 않은 이면도로였다. 이런 길은 등 뒤에 차가 있는 게 아닐까 노심초사하며 걷게 된다. 우리 부부처럼 소심한 행인들은 내가 치이지 않을까 하는 걱정과 운전자의 통행을 방해하지 않을까 하는 걱정을 같이 한다.

요즘 자동차들은 어찌나 정숙한지 헤드램프가 무릎 뒤에까지 다가와도 그 앞에 선 보행자가 못 알아차릴 때가 많다. 이어폰이라도 끼고 있으면 더 그렇고. 인내심 없는 운전자가 경적을 울리면 그때까지 잘 걷던 사람은 소스라치게 놀란다. 그런 길에는 나무도 없기 마련이고, 대개 밤에는 어둑어둑해서 혼자 걷는 여성은 겁이 난다. 긴장을 풀 수 없으니 당연히 걸을수록 피곤해진다.

　둘째, 현석동에서는 집을 나와 광흥창역으로 가려면 상당히 경사가 심한 비탈길을 걸어 내려가야 했다. 맑은 날에도 미끄러지기 쉬운 언덕인데 눈이 오면 아주 스릴 넘치는 슬로프로 변한다. HJ는 눈이 쌓인 겨울날 거기서 발을 동동 구르다가 모르는 남자의 손을 잡고 겨우 내려간 적도 있다고 한다. 평지로 내려와서는 머쓱하게 헤어졌다고.

　첫 번째 문제를 내가 꿈꾸는 현수동에서는 간단히 해결한다. 이면도로에 자동차가 들어오지 못하게 막는 것이다. 현수동의 대로에서는 차로와 보도의 구분이 명확하다. 좁은 골목에는 구급차나 소방차, 몇몇 물류 차량을 제외한 다른 자동차가 못 들어온다. 나는 이것이 무리한 요구라고 보지 않는데, 이미 이런 동네를 봤기 때문이다. 도서전에 참여하려고 남프랑스의 소도시 무앙사르투에 갔더니 그곳의 몇몇 거주 구역들이 그랬다. 골목 입구에 볼라드를 세워놓고, 쓰레기 수거 차량과 가게에 식자재를 공급하는 택배 차량이 들어올 때만 잠시 말뚝을 제거했다. 버스건 자가용이건 엔진과 바퀴가 달린 탈것을 이용할 때 사람들은 호텔이나 집에서 나와 차도까지 걸어가야 했다. 그 마을 사람들은 그렇게 잘 사는 듯 보였다.

두 번째 문제인 둔덕 지형에 대해 현수동은 대규모로 땅을 깎아 평평한 단지를 만들거나 필요한 부분을 절토하고 옹벽을 세우는 식으로 대처하지는 않는다.

부산 해운대 외에도 전국 곳곳에 '달맞이'라는 단어가 지명에 들어간 장소들이 있다. 진주시의 달맞이언덕, 가평군의 달맞이봉, 서울 금호동의 달맞이봉공원, 서울 중계동의 달맞이근린공원…. 이천, 파주, 광명, 안산, 횡성, 전주, 목포, 함평, 영암, 울산에도 있다. 저녁에 집 근처를 편안히 산책하다가 둥실 뜬 달을 보고 잠시 발걸음을 멈추게 되는, 걷기 괜찮은 동산들이다.

광흥창역 일대에도 달맞이동산이라고 하는 곳이 있었다. 대략 광성고등학교와 서강대 정문 사이였던 듯하다. 나는 현수동이 그런 지형을 존중하고 살리는 동네면 좋겠다. 대신 그런 경사가 있는 곳에 계단과 난간, 휠체어 리프트를 설치하고. 얼마 전부터 서울 도봉구와 성북구가 언덕길 도로 밑에 열선을 깔고 있는데 무척 좋은 아이디어 같다. 눈 오는 날 길에 염화칼슘을 뿌리는 것에 비해 여러 가지 장점이 많다고 한다.

정해진 시간에 맞춰 직장이나 학교에 가려고 걷

는 게 아니라 그저 걷는 게 좋아서 걸을 때 큰 강이나 바다가 바라다보이는 언덕길은 선물과 같다. 샌프란시스코, 산토리니, 제주에 그런 길들이 있다. 그렇다고 신수동 길에서 한강이 내려다보이는 건 아니지만⋯. 남들은 가로수길을 재미있는 골목이라고 하는데 나는 간혹 그곳이 갑갑하다. 건물들 사이에 갇힌 것 같은 기분이 든다.

글쎄, 이런 해법에 HJ가 얼마나 찬성할지는 모르겠다. 그런데 현석동 출근길에는 HJ가 미처 지적하지 않은 근본적인 문제점이 있었다. 애초에 사람들의 집과 직장이 왜 그토록 떨어져 있어야 하는가?

*

나는 공대를 나왔다. 도시공학과를 졸업했다. 도시공학은 좋게 말해 종합학문이고 나쁘게 말하면 근본 없는 잡탕찌개인데, 내가 다닌 학과에서는 학부생도 졸업하기 전에 세부 전공을 정해야 했다. 도시설계, 지역계획, 교통공학, 환경공학 중 나는 도시설계를 골랐다. 복잡한 수식을 풀지 않아도 설계실에서 밤만 열심히 새우면 어느 정도 학점을 보장받기 때문이었다.

가끔 '공대를 나왔다는 점이 당신의 소설에 어떤 영향을 미쳤느냐'라는 질문을 받는다. "수업 시간에 배운 게 없어서 별 영향을 받은 것도 없습니다"라고 대답한다. 그 답변을 농담으로 받아들이고 다시 질문을 되풀이하는 인터뷰어도 있다. 그럴 때면 "공대를 나왔고 설계를 배웠다 보니 플롯을 구조적으로 대하는 것 같다"는 등의 답을 내주기는 하지만 거짓말이다. 대학 시절은 무척 즐거웠고 그 시기에 세상과 나에 대해 제법 의미 있는 탐색도 했으나, 전공과목 시간에 강의실에서 배운 건 정말 아무것도 없다.

설계 실습 시간에는 한 학기 동안 학부생 2~4명이 조를 이뤄서 한 지역을 개발했다. 먼저 그 지역을 찾아가 입지를 조사하고, 지형을 입체적으로 그리고, 콘셉트를 잡은 뒤 지도에 그림을 그리기 시작했다. 큰 길을 몇 개 내고 용도지구를 정했다. 여기는 주거지구, 여기는 상업지구, 여기는 공업지구, 여기는 녹지지구…. 왜 그렇게 해야 하는지도 모르면서 그렇게 했다. 의문도 품지 않았다.

대학을 졸업하고서 한참 뒤 도시에 관련된 책들을 읽다가 우리가 그렇게 주거지구와 상업지구를 나눠 그렸던 이유를 알게 되었다. 20세기 초에 분리주의 도시개발 방식이 도입되었기 때문이다. 도시는 너무 커졌고, 도심은 온갖 도시문제가 발생하는 곳이 되었다. 르코르뷔지에는 도시 구역을 기능별로 엄격히 구분해서 개발하자는 아이디어를 내놨다. '내 땅에서는 내 마음대로 하겠다'는 정신이 강한 미국인들조차 용도지역제를 찬성했다.

잠자는 곳과 일하는 곳을 어떻게 멀찍이 떨어뜨릴 수 있는가. 자동차로 통근하면 된다. 르코르뷔지에가 꿈꿨고 지금 한국에서 우리가 보는 도시들은 절대적으로 자동차에 의존한다. 현대인의 생활양식, 그들이 일하고 소비하고 아이를 키우고 여가를 보내는 방식은 자동차 없이는 불가능하다. 현대문명 전체를 자동차 문명이라고 불러도 될 것 같다.

이제 대부분의 아이들은 부모가 어떻게 일하는지 보지 못하며 자란다(나는 어린아이들이 부모가 일하는 모습을 보면 저절로 예절을 익히고 가족애가 깊어질 거라고 생각한다). 일과 삶의 공간이 멀어지고, 각각의 공간이 규정한 목적에 맞춰 행동하는 동안 일과 삶의 의미는 양쪽 모두 협소해진다. 자신이 사는 동네를 자세히 알아야 할 필요가 없으며, 이웃은 층간소음이나 일으키지 않으면 다행인 존재로 전락한다.

시속 80킬로미터로 달리면 한 시간 안에 갈 수 있는 지역이 이론적으로는 2만여 제곱킬로미터에 이른다. 서울시 면적의 33배가 넘는다. 우리는 그 안에서 제일 멋진 식당에 가서 사람을 만나고 음식을 먹고 사진을 찍고 돌아오면서 '집을 떠나 근사하게 시간을 보냈다'고 생각한다. 그런 기동성과 지역공동체는 양립할 수 없다.

그런 라이프스타일의 대가로 매일 일정 시간을 살아 있는 것도 죽어 있는 것도 아닌 상태로 보낸다. 2022년 기준으로 서울 직장인은 하루 평균 79분, 경기도 직장인은 102분을 출퇴근에 쓴다. 수요일 오전 8시 35분에 지하철 2호선이나 9호선, 수인분당선, 혹은 M이나 9로 시작하는 광역버스 안에 있으면 '한국은 괜찮은 나라이며 내 인생도 제법 살 만하다'는 생각은 떠오르지 않는다. '이러다 죽는 거 아닐까, 진짜 못살겠다'는 생각이 더 자주 들 것이다.

차를 몰고 다니면 나은가? 전투기를 모는 비행사보다 러시아워에 운전하는 사람이 더 긴장도가 높다는 연구 결과가 있다. 전투기 파일럿도 그 나름대로 신경 쓸 게 많겠지만, 출퇴근길 운전자 역시 지각할 것 같아서 마음을 졸이고, 영원히 끝나지 않을 것 같은 정체에 좌절하면서 틈틈이 옆 차량의 끼어들기를 경계해야 한다.

상황은 거의 절망적이다. 수도권 광역급행철도

를 건설하면 이 문제가 해결될까? 아니다. 한국인들은 이미 하루 79분, 혹은 102분간 이런 무의미와 스트레스를 감당할 각오가 되어 있다. 광역급행철도가 건설되더라도 그 시간이 줄지는 않는다. 수도권이 그만큼 커질 뿐이다.

자동차가 도시를 점령한 과정을 돌이켜보면 심란해진다. 처음에는 누구도 자동차를 길의 주인이라고 인정하지 않았다. 교통사고를 일으킨 차량은 분노한 군중에 둘러싸였다. 사망사고를 낸 운전자에게는 살인 혐의가 적용되었다. 그러나 점점 사회제도들이 자동차에게 유리하게 바뀌었다(자동차를 가진 사람들이 부자라서 그랬던 것 아닐까?). 예를 들어 무단횡단이라는 개념이 발명되었다. 우리는 어린아이들에게 그 개념을 밤낮으로 들려준다.

자동차가 들어갈 수 없는 길과 걷는 사람이 들어가면 안 되는 길이 함께 생겼다. 자동차와 사람이 동시에 다닐 수 있는 길에서 운전자는 사고를 내고 처벌을 받을 가능성을 우려하지만 보행자는 목숨을 잃거나 다칠 가능성을 걱정한다.

현대 도시는 걷는 사람이 들어가면 안 되는 길을 뼈대로 삼아 만들어진다. 20년 전 도시공학과 학부생들에게는 그게 너무나 당연한 상식이어서, 다들

설계실에서 백지 위에 커다란 자동차전용도로를 쏙 쏙 긋고 그에 따라 생기는 네모난 땅에 용도를 부여하는 것으로 작업을 시작했다.

*

현수동 사람들은 먼 곳으로 출근하지 않는다. 현수동에는 괜찮은 집과 괜찮은 일자리가 겹쳐 있다. 사람들은 아침에 일어나 걸어서 또는 자전거를 타고 일터로 간다. 이 풍경에서부터 시작해볼까 한다.

지금도 광흥창역 일대에서 한강으로 나가면 강변북로 옆으로 자전거도로가 아주 시원하게 잘 닦여 있다. 나도 쉬는 날이면 틈틈이 이곳에서 자전거를 탔다. 미니벨로를 타고 다닌 시절이었는데 서쪽으로는 대개 난지한강공원, 동쪽으로는 이촌한강공원 근처까지 가곤 했다. 신문사를 그만두고 잠시 대인기피증에 시달렸을 때에는 남들 눈에 띄지 않게 새벽에 자전거를 탔다. 난지한강공원의 조명이나 노들섬의 모습이 눈에 선하다.

하지만 그 미니벨로를 몰고 출근을 하거나 하다 못해 장을 본 적도 없다. 많이 나아졌다고는 하지만 서울 시내는 여전히 자전거로 다니기에 적합하지 않다. 도로교통법상 자전거는 차량이기 때문에 보행로에 자전거겸용도로라는 표시가 없으면 차로로 가야 하는 게 맞는데, 겁이 많은 나는 엄두도 못 낸다. 자전거겸용도로인 보행로도 자전거로 다니기에 매우 불편하다.

네덜란드처럼 보행로와도, 차로와도 구분된 자전거전용도로가 시내 전체에 거미줄처럼 퍼져 있어야 한다. 왕복 2차로로. 건물을 헐거나 보행로를 줄이지 않고 그런 공간을 확보하려면 차로를 2개 차선 줄여야 한다. 자동차도로들을 지하화하는 방법도 있겠지만, 나는 그보다 우리가 자동차, 특히 자가용 승용차 수를 줄이는 게 정답이라고 본다. 대중교통을 훨씬 더 편하게 만들고 공유차량을 늘려서 자가용을 줄여야 한다. 자율주행차나 수소연료전지차가 아니라 자전거가 우리의 미래이길 바란다.

언덕 지형을 놔둔 채로 어떻게 자전거로 쉽게 다닐 수 있는 도시를 만들 것인가. 비 오는 날에도 자전거를 편하게 타게 하려면 어떻게 해야 하는가. 몸이 불편한 사람도 탈 수 있는 자전거는 없을까. 이것이야말로 진정한 도전이다(가끔은 인류가 이런 중요한 혁신 과제를 놔두고 스마트폰 화면의 해상도를 높이거나 하루만 참으면 받아볼 수 있는 택배 물품을 당일에 받게 하는 등의 일에 지적 역량을 쏟고 있다는 사실이 당혹스럽다). 지금 내 머릿속에 떠오르는 것은 전기자전거 보급, 공유자전거 제도 확대, 자전거 주행용 비옷 개발 등이다. 연구자와 디자이너들이 머리를 모으면 틀림없이 더 다양한 형태의 삼륜자전거, 더 편리하고 우아한 휠체어 사이클들이 나올 것이다. 자전거 주차타워도 곳곳에 더 많이 만들어야 한다.

근본적으로는 라이프스타일이 바뀌어야 한다. 이 장에서 말하는 현수동 라이프스타일의 특징은 '저속'이다. 그 속도에 의해 현수동 사람들의 생활권 규모와 도시 구조가 결정된다. 나는 저속 자체는 충분히 실현 가능하다고 믿는다. 20세기 이전에 대부분의 사람들이 그렇게 살았다.

문제는 저속이 아니라 감속이다. 현대문명의 콘셉트가 가속이기에, 많은 현대인에게 생활방식을 저속으로 바꾸자는 제안은 낭만적인 헛소리로 들린다. 지금 우리에게 가속은 부, 경쟁, 성공과 동의어다. 더 빨리 달리는 자, 더 빨리 목적지에 이르는 사람이 남들보다 더 많이 가진다. 우리는 그런 세계관에 푹 젖어 있고, 실제로 세계 주요 도시에서 사람들이 걷는 속도가 점점 더 빨라지고 있다.

나는 현수동에서 사람들이 자전거를 이용하고,

천천히 걸었으면 좋겠다. 현수동이 직주근접을 넘어 직주일치 마을이기를 바란다(재택근무를 하자는 말은 아니다. 많은 사람들이 출퇴근을 원하며, 통근 시간은 평균 16분 정도가 적당하다고 응답한다). 나는 현수동이 현대문명의 틀에서 벗어난, 현대문명에 저항하는, 현대문명의 대안이자 미래인 거리가 되길 원한다. 그곳은 자동차의 속도에 덜 의존하므로 시간 측면에서 비효율적이고, 제한된 용도지역 안에 사무실이나 집을 쌓아 올리는 식으로 개발하지 않으므로 공간 측면에서도 비효율적이다. 그러므로 현수동을 현실에 구현하려면 효율을 누를 새로운 가치를 발명해서 현대문명을 밑바닥에서부터 뒤흔들어야 한다.

그래, 나 또 거창해졌다. 아직 방법도 모른다. 하지만 사막 한가운데 높이 5백 미터, 길이 170킬로미터인 직선 도시를 세우겠다는 빈 살만이나 화성에 백만 명이 거주하는 식민지를 건설하겠다는 일론 머스크보다 내가 더 황당한 소리를 하는 걸까.

내 생각에는 내 소망이 네옴시티나 화성 이주 계획보다 훨씬 더 건강하고 바람직하다. 아무도 살아본 적이 없는 땅에 환경에 엄청난 부담을 지우며 거대한 인공 도시를 지어야 하는 이유가 뭘까? 그 도시들이 지속 가능할까? 지금 살고 있는 마을을 더 살기 좋게 만드는 게 훨씬 낫지 않은가? 그게 옳지 않은가?

맛을 모르는 사람이 쓴 현수동의 상권

광흥창역 일대에 살 때 주변 환경이 전부 만족스러웠던 것은 당연히 아니었다. 특히 근처에 괜찮은 식당이나 술집이 없다는 점이 HJ와 나의 불만이었다. 슬리퍼 끌고 나가 맥주 한잔 하고 돌아올, 요즘 유행어로 하면 '슬세권 맛집'이 부족했다.

처음 이사 왔을 때는 우리가 사는 아파트와 광흥창역 사이에 치킨집 한 곳조차 없었다. 우리가 사는 사이에 치킨집이 두 곳 생겼는데, 주민들이 그 가게들을 얼마나 뜨겁게 반겼는지 모른다. 분위기가 대단하지도 맛이 훌륭하지도 않았으나 저녁 시간에 가면 늘 만석이었다. 가수 K 씨와 마주친 동네 술집은 우리가 현석동을 거의 떠날 즈음 생겼다.

그 외에 맛집이라는 소문이 있었지만 지저분해 보여서 들어가고 싶지 않았고 저녁에 일찍 문을 닫았던 족발집, 장사를 하는 날이 많지 않았던 듯한(내 기억의 왜곡일 수도 있지만) 꼬치집, 무섭게 생긴 개를 키웠고 아침이면 주인아주머니가 토스트를 담은 스티로폼 박스를 챙겨 지하철역 앞에서 팔았던 토스트 가게, 싸고 맛있었는데 왜인지 오래가지 못하고 폐업한 김밥집, 노가리 안주를 한 접시에 천 원이라는 믿을 수 없는 가격에 팔았지만 그 바람에 언제나 할아버지들이 모든 자리를 점령하고 있었고 형광등 조명이 너무 밝았으며 손님들이 남긴 국물을 거리에 내다 버리기도 했던 대폿집 등이 기억난다.

희한하게 빵집은 여러 곳 있었다. 한때는 광흥창역에서 우리 집 사이에 유명 프랜차이즈 빵집 세 곳이 동시에 영업한 시기도 있었다. 원래 지하철역 바로 앞에 장사가 잘되는 프랜차이즈 빵집이 한 곳 있었고, 인근 대형마트 내에도 빵집이 한 곳 있었다. 그런데 마트 빵집이 사라지자 프랜차이즈 빵집 두 곳이 비슷한 시기 비슷한 장소에 갑자기 생긴 것이다.

프랜차이즈 빵집 세 곳이 사투를 벌이다시피 했는데 결국 한 곳이 얼마 못 가 문을 닫았다. 가슴 아픈 광경이었다. 젊은 커플이 운영하던 가게였는데, 장사를 처음 해보는 듯했다. 다른 신생 프랜차이즈 빵집 한 곳은 부근에 부족한 카페 역할을 하면서 안정적으로 자리를 잡았다. 그즈음 빵의 가격대가 다른 고급 베이커리도 근처에 들어섰다(그 과정을 지켜봤던 경험이 나중에 「현수동 빵집 삼국지」를 쓰는 바탕이 되었다).

당시 광흥창역 일대에는 맥주보다 빵을 더 중시하는 사람들이 많이 살았던 걸까? 우리 부부는 빵보다 맥주를 훨씬 더 중요하게 여겨서 괜찮은 술집에서 시간을 보내고 싶은 날이면 버스를 타고 상수역 인근으로 갔다. 술을 마시고 알딸딸해져서 집에 돌아올 때에는 걸어오기도 했다. 함께 노래를 부르며 걷기도 했다.

HJ와 달리 나는 음식 맛을 잘 모르고, 대충 아무거나 먹는다. 식당에서 파는 어지간한 음식들보다 짜파게티가 더 맛있다고 진심으로 믿고 있다. 맛이 아니라 공간을 즐기러 외식을 하는 건데, 우리 취향의 가게들이 있는 가장 가까운 동네가 상수동이었다.

우리 부부가 원하는 분위기는 이런 거다. 케이팝이 아닌 성인 취향의 좋은 곡이 약간 크다 싶은 음량으로 나오고, 적당히 어둑해서 자기가 먹는 음식이 담긴 접시는 잘 보이지만 다른 테이블 사정까지 알게 되지는 않으며, 자리가 너무 다닥다닥 붙어 있지 않은 곳. 내 이십대 시절에는 신촌에 그런 가게들이 흔했는데, 심지어 술값도 쌌다. 병맥주를 여섯 병씩 세트로 파는 바도 있었고 전통주점도 있었다. 이제 그런 술집들은 거의 전멸 상태이고, 신촌 상권 자체가 망한 지 오래다.

요즘 청년들 사이에 유행하는 실내포차는 HJ나 내 취향과 정반대여서 지나칠 때마다 놀란다. 저렇게 밝은 곳에서 술을 마시면 취기가 오르지 않을 것 같은데. 대체 저 인테리어는 젊은 세대에게는 어떤 부분이 매력적으로 다가가는 걸까? 우리 부부가 젊을 때 익숙했던 저 스타일이, 요즘 젊은 세대에게는 아예 딴 세상의 것으로, 이국적으로 느껴지는 걸까?

신수동우편취급국 뒤로 작은 재래시장인 신수시장이 있는데, 우리 부부가 광흥창역 근처에 살 때는 간신히 명맥을 유지하는 수준이었다. 지금은 작은 카페와 예술 공간이 몇 곳 들어섰다. 부분적으로는 그사이에 골목을 즐기는 소비문화가 생겨서이기도 하고, 또 부분적으로는 2016년 길 건너편에 7백 세대가 넘는 래미안마포웰스트림아파트 단지가 들어서서이기도 할 것이다.

천 세대가 넘는 대단지 아파트가 서울에 수두룩하고, 송파구에 가면 단일 단지만도 5천 세대가 넘는 아파트 구역이 여럿 있지만 광흥창역 일대는 그렇지 않다. 내가 알기로 2023년 현재 광흥창역 일대에서 천 세대가 넘는 아파트 단지는 2019년에 지어진 신촌숲아이파크뿐이다. 다음으로 큰 단지가 래미안마포웰스트림이다.

래미안마포웰스트림아파트가 지어지기 전 그 땅의 이름은 '현석제2주택재개발정비구역'이었다. 좁은 골목길 주변에 지어진 지 수십 년이 넘는 낡은 주택들이 모여 있었다. 의도를 감안해서 들어야겠지만 재개발사업 조합장 인터뷰에는 백 년이 넘는 건물도 있었다고 나온다.

이 구역은 밤에는 남자도 걷기 무서울 정도였는데, 모순된 말이지만 나는 그곳의 밤 풍경을 좋아하기도 했다. 주황색 가로등이 켜진 골목을 걷다 보면 내가 어디에 있는지, 지금이 언제인지 아득해지는 기분이 들었다. 지금도 내 블로그의 대문 이미지가 현석2구역 풍경 사진이다.

그렇다 해도 래미안마포웰스트림이 현석2구역보다 훨씬 살기 좋은 곳이라는 사실은 분명하다. 마찬가지로 대형마트에 인간미는 없다고 여기지만 재래시장을 지지하지도 못하겠다. 관광지에 있는 것이 아닌, 내 집 근처에 있었던 여러 전통시장들에서 흐뭇하게 쇼핑한 적이 없다. 지금 대도시에 사는 많은 사람들의 솔직한 상황일 것이다.

*

HJ와 내가 현석동에 살았던 시절 상수동 상권은 점점 커지는 중이었다. 그 상권의 경계를 나는 복잡한 심정으로 지켜보고 있었다. 내가 사는 동네에 갈 만한 술집이 있었으면 하는 마음은 있었지만, 상수동 상권이 확장되어 광흥창역 일대까지 집어삼키는 것을 원하지는 않았다.

상수동 상권은 홍대 상권의 일부이자 끝자락이다. 홍대 상권은 1990년대 후반 신촌 상권이 몰락한 원인이자 결과다. 비슷비슷한 프랜차이즈 업체와 대기업 의류 매장이 신촌 거리를 점령하자 거기에 진저리를 낸 젊은이들이 신촌을 떠나 홍대로 갔다. 홍대에는 소극장, 공연장, 클럽, 전시 공간, 화방, 벼룩시장, 작지만 개성 있는 가게들과 버스킹 공연이 있었다.

2010년대 이후로는 홍대 정문 앞 역시 신촌의 전철을 밟기 시작했다. 재미있는 공간은 점점 합정동으로 밀려 내려왔다. 2010년대 후반이 되자 홍대 상권은 한 입 베어 문 도넛 같은 형태가 되었다. 과거 중심이었던 지하철 2호선 홍대입구역에서 홍익대학교 정문까지는 이제 인기가 없고 그 바깥 지대에 사람들이 몰린다.

내 우려가 무색하게 홍대 상권은 서쪽으로 넓어졌고, 지금은 망원동과 연남동이 '핫 플레이스'다. 상수동 동쪽으로는 홍익대 캠퍼스와 서강초등학교, 상수두산위브아파트, 한강밤섬자이아파트 같은 학교와 아파트 단지들이 방벽이 된 것 같다.

1990년대 중후반에 신촌에서 학교를 다녔고, 2000년대 초반에는 7년 동안 신촌의 고시원과 원룸에서 살았다. 그다음에는 현석동에서 살면서 상수동에 자주 놀러 갔으니 20년 가까이 신촌과 홍대 두 상권의 흥망성쇠를 지근거리에서 목격한 셈이다. 젠트리피케이션이라는 단어를 듣기 전부터 그 개념과 메커니즘을 알고 있었다.

그럼에도 불구하고 한 유기체의 성장이 자기파괴로 이어지는 현상은 여전히 혼란스럽다. 살아 움직이는 모든 조직 안에 자신을 파괴하는 요소가 처음부터 들어 있는 걸까? 그게 생명의 본질일까? 아니면 확장이 어느 선을 넘을 때 내부에서 갑자기 암세포가 발생하는 것일까? 현대문명 전체는 그런 선을 넘었을까? 노화와 죽음은 복잡계의 필연인가, 아니면 피할 수 있는 일인가?

어떤 이들은 재생과 부활을 말하기도 한다. 도시재생이라는 단어는 듣기에는 그럴싸한데 실체는 애매해서, 담론은 무성하지만 합의는 별로 없다. 경리단길처럼 성공 사례로 꼽혔던 곳이 순식간에 몰락하기도 한다. 사람들이 모여서 만드는 복잡한 네트워크에 대한 우리의 앎이 중세시대 의학 수준이 아닐까 싶기도 하다. 도시계획가들은 중세시대 의사들처럼 대상을 터무니없이 모르면서 자신만만하게 외과수술에 나서는 것 아닐까.

나로 말하자면 촌스럽고 산만한 벽화를 그려놓고 관광객들이 찾아오면 마을이 살아난 거라 우기는 식의 도시재생은 싫다. 비슷비슷한 가게들이 지원금으로 운영되다 떠나고 마침내 텅 비는 '청년몰'도 많이 봤다. 부동산개발회사가 분양을 하지 않고 '문화골목'을 지향하며 입점할 상점을 편집하고 직접 운영해 각광을 받는 상가 거리에도 몇 번 갔다. 분명 의미있는 시도이기는 하다. 하지만 내 눈에는 그 결과물이 어쩐지 사람 사는 곳이 아니라 테마파크, 혹은 입체로 된 코엑스몰 같아 보였다.

홍대 상권의 초창기 모습, 지금의 연남동이나 망원동 거리 풍경이 근본적으로 비눗방울이나 무지개 같은 짧고 불안정한 현상인 건 아닐까 하는 생각도 든다. 어떤 거리, 어떤 동네를 항시 그렇게 들뜬 상태로 붙들어두겠다는 욕심 자체가 문제인 것은 아닐까? 그런 장소들의 매력은 시간적으로든 공간적으로든 늘 우연성과 의외성에 있지 않던가?

그렇다면 젊은 예술가들에게 스튜디오를 제공하거나 청년 상인들에게 임대료를 할인해서 땅에 '활력'을 불어넣겠다는 정책은 보톡스 주사 같은 부질없는 대중요법에 불과할 게다. 그런 거리가 자연발생적으로 피고 지게 놔두고, 그런 거리를 발견하고 띄우는 재미를 젊은 탐방자들에게 맡기는 편이 현명할지도 모른다.

　내가 현수동 상권에 대해 확실히 말할 수 있는 것은 이 점이다. 아무리 생각해봐도 나는 내가 사는 동네가 연남동이나 망원동처럼 '힙'해지기를 바라지 않는다. 따지고 보면 대한민국 모든 골목이 그렇게 될 수도 없다. 그런 핫 플레이스들은 어떤 면에서는 궁궐이나 민속촌과 다르지 않다. 외부에서 구경 온 사람들을 위한 장소다. 나는 취객과 야간 소음에 질색하는 북촌과 연남동 원주민들을 안다.

　즉 현수동 식당과 술집, 상점들은 주로 현수동 주민들을 상대로 장사를 한다. 현수동 상인들은 그런 영업으로도 충분히 이윤을 거둔다. 그래서 그들은 절박한 표정이나 비굴한 미소를 짓지 않아도 된다. 글쎄, 특색 있는 동네 축제가 있어서 그런 때 잠시 거리가 왁자지껄해지고 외부인들이 와서 돈을 쓰고 갈 수는 있겠다. 그러니 현수동에서는 마음에 쏙 드는 바가 없다면 참아야 한다. 그리고 그곳 생활물가 또한 그렇게 낮지 않을 것이다.

*

　현수동 상권은 아마존과 쿠팡, 밀키트, 에어프라이어의 시대에 가능할 것 같지 않은 꿈이다. 그곳 상인들이 뭘 어떻게 팔기에 인스타그램 인증 숏 명소가 되지 않고도 총알 배송에 맞서 안정적인 수익을 올릴 수 있단 말인가? 현수동이 뭘 해도 장사가 잘되는 지역이라면 유통 대기업들은 왜 그곳 땅을 사들여 지점이나 가맹점을 내지 않는단 말인가? 건물주들이 왜 상점을 쫓아내지 않는단 말인가?

　이쯤에서 혀끝에 맴도는 단어가 있다. '저성장' 혹은 '탈성장'이다. 현수동은 미국식 교외 단지가 아니며, 팽창하는 교외는 더더구나 아니다(나는 인구 증가와 면적의 확장을 한 동네의 성공으로 보지도 않는다).

　하지만 현수동의 교통을 말하며 주저 없이 저속을 주장한 것과는 달리, 현수동의 상권을 두고 저성장을 입에 올리기는 다소 망설여진다. 내가 유쾌한 저속은 보거나 체험한 적이 있지만 밝고 생기 있는 저성장을 목격한 적이 없어서인지도 모르겠다. 나는 좋은 저성장, 혹은 탈성장이 뭔지 정확히 알지 못한다. 나는 저성장을 위기 내지는 실패와 동의어로 여기는 문화에서 자랐으며, 탈성장 담론은 경제학과 윤리학의 변방에서 모호하고 막연하게 유령처럼 떠도는 것 같다.

현수동의 가게들이 이랬으면 좋겠다, 상상할 때 떠오르는 구체적인 이미지는 미야자키 하야오 감독의 〈마녀 배달부 키키〉에 나오는 빵집이다. 그 애니메이션에서 오소노 아주머니와 후쿠오 아저씨는 친절하면서 당당하게 빵집을 운영했다. 제빵 전문가인 그들은 빵 반죽을 직접 구웠고, 잘 모르는 다른 고장 출신 소녀 키키에게 기꺼이 방을 내주었다. 엄청나게 붐비는 매장은 아니었으나 임대료를 걱정하는 것 같지도 않았다. 그런가 하면 대단히 독창적인 인테리어나 별난 메뉴는 없는 가게였다.

그런 빵집이 매달 할인 이벤트를 벌일 수 있는 대형 프랜차이즈나 새벽 배송을 하는 온라인 쇼핑몰과 경쟁할 수 있을까? 오소노-후쿠오 부부는 21세기에 과연 흔들리지 않을 수 있을까?

자영업 컨설턴트들은 이런저런 조언을 할지 모르겠다. 차별화 전략을 써야 한다고, 프랜차이즈나 쇼핑몰이 줄 수 없는 스토리와 경험을 판매하라고, 그러니까 소셜미디어 채널을 운영해야 한다고, 혹은 고객의 사연을 듣고 그에 맞는 세상 하나뿐인 케이크를 만드는 서비스 같은 건 어떻겠냐고, 빵에 그렇게 부가가치를 더해야 한다고.

그런 제안을 따를 때 오소노 아주머니는 더 이상 제빵 장인이 아니며, 마케터이자 스토리텔러가 되는 셈이다('로컬 크리에이터'라는 표현도 있다). 강연자 혹은 방송인으로 나서야 하는 소설가의 처지와 비슷하다. 한데 동네 주민을 상대하던 제빵 장인이 전국에 있는 잠재 고객층의 욕구를 헤아리는 명민한 마케터 겸 스토리텔러로 변신하는 일은 거의 불가능하다. 그런 비즈니스 자체가 도박에 가깝고, 설사 성공하더라도 당사자에게 제빵 장인으로서의 자부심은 별로 남지 않을 것이다.

2017년 미국에서는 '소매업의 종말(retail apocalypse)'이라는 신조어가 생겼다. 영문 『위키피디아』의 'retail apocalypse' 항목에는 그해에 문을 닫은 소매 매장이 1만 2천 곳이 넘는다고 나와 있다. 메이시스백화점, 라디오색 같은 전통의 유통기업들이 흔들렸고, 다음 해에는 토이저러스와 시어스백화점이 파산 절차에 들어갔다. 코로나19 사태가 터지기 전의 일이다.

인구구조 변화라든가, 이전에 쇼핑몰을 너무 많이 지었다든가 하는 요인도 거론되지만 뭐니 뭐니 해도 가장 큰 원인은 온라인 쇼핑이다. 멀리 갈 것도 없이 썰렁한 이대 앞 패션 거리와 유령 건물이 되다시피 한 신촌기차역 밀리오레를 떠올려보라. 이제 날 잡고 밸품을 팔면서 보세 의류와 패션 잡화를 사려는 사람이 없다.

종말이라는 말은 호들갑인 듯하지만, 소매업이 크게 위축된 건 사실이다. 그 결과 매장에서 점원이나 관리자, 점장으로 일하던 수십만 명의 일자리가 사라진다. 지역 경제도 타격을 입는다. 오프라인 쇼핑의 무게 중심은 구매 행위라기보다 여가 활동 내지는 관광 체험으로 옮겨 가고, 트렌디한 거리는 살아남지만 그렇지 못한 곳은 죽는다. 죽는 거리에 부동산을 갖고 있던 사람도 함께 죽는다.

소매업의 종말은 우리 시대에 진행되고 있는 노동계급의 몰락과 중산층 붕괴라는 더 큰 이야기의 일부다. 선진국 일자리 중 자동화할 수 있거나 인터넷으로 할 수 있거나 해외에서 더 싸게 할 수 있는 일은 그렇게 된다. 선진국에서 그런 직업에 종사하던 사람들은 사회경제적 지위가 점점 내려앉는다. 다만 그 살생부 목록은 20세기의 예상을 다소 벗어나서, 미용사나 환경미화원이 회계사, 번역가보다 이런 충격에 더 잘 버틸지도 모른다.

이른바 빅테크라는 기업들이 이런 파괴적 혁신을 일으켜 엄청난 수익을 거둔다. 거기에는 빅테크가 만들어낸 새로운 가치의 대가도 있지만, 한 생태계를 무너뜨리면서 기존 공급업체들을 파산시켜 얻어내는 이익도 있다. 그렇게 해외 생산과 물류 자동화, 온라인 거래가 소매업을 분해했고, 소매업자들이 벌던 돈은 그 영역들에 흩어졌다.

그렇다면 지역 상인들이 지역 주민을 상대로 장사를 하는 동네, 건강하게 저성장하는 직주일치의 마을 현수동에서는 상권이 어떻게 유지되는가? 현수동 주민들은 아마존이나 쿠팡을 이용하지 않는가? 그곳 사람들이 최저가에 집착하지 않는단 말인가? 현수동에서 살고 싶다면 가게에 걸어가서 물건을 사 오는 불편을 감내해야 한다는 얘기인가? 마음에 드는 술집이 없어도 참아야 하고?

왜?

나는 이 막다른 골목에서 이런 답을 내기에 이른다. 우리가 지어내야 할 것은 오프라인 매장의 바이럴 마케팅용 스토리가 아니라고. 소매업의 역할을 새로이 창시해야 한다고. 소매상점은 지역 사람들이 만나는 공간이며, 지역 상권은 지역공동체의 중요한 기둥이 될 수 있다고.

본 적은 없지만, 그런 가능성을 믿어보고 싶다. 그렇다면 나부터 어떤 가게의 단골이 되고, 가게 주인과 가볍게 안부를 묻고, 지역 행사에 참여하는 일을 배워야 할 테지. 타인과 적당히 거리를 두면서도 잘 어울리는 요령을 익혀야 할 테고.

논을 벼의 재배지가 아니라 인공습지로 바라볼 때 비로소 논의 홍수 조절 기능이나 지하수 수질 정화 기능, 주변 땅의 온도와 습도에 미치는 영향을 깨닫게 된다. 소매업에 대해서도 그런 인식 전환이 필요하지 않을까. 그런 논리 위에서, 보편적 기본소득 도입보다 먼저, 지역 소매업에 대한 대규모 지원 정책들을 새로운 관점에서 구성해볼 수 있지 않을까.

아마 이 책 전체를 통틀어 이것이 가장 설익고 허점 많은 제안일지 모른다. 하지만 꼭 하고 싶은 이야기이기도 하다. 『시간의 언덕, 현수동』에서는 친절하고 당당한 현수동 소상공인 캐릭터들을 등장시킬 계획이다(『시간의 언덕, 현수동』이 평행우주에 대한 소설이라고 말했던가?).

토머스 모어의 『유토피아』에서 한 대목을 옮기고 도망치련다.


지금으로서는 그가 우리에게 들려준 모든

것에 다 동의하기는 어려울 것 같다. 그럼에도
유토피아 공화국에서 시행되는 것 중에서
아주 많은 것이 우리 세계의 여러 나라에서도
시행되었으면 좋겠다는 것이 내 솔직한 심정이다.
그리고 나의 이런 바람이 하나의 희망에 그치지
않고 실제로 이루어졌으면 정말 좋겠다.*

*   토머스 모어, 박문재 옮김, 『유토피아』, 현대지성, 2020,
    227면.

# 게임에 서툰 사람이 쓴 현수동의 도서관

내 소설『그믐, 또는 당신이 세계를 기억하는 방식』에는 현수동의 도서관이 꽤 비중 있게 등장한다. 본문에 이 도서관의 이름은 나오지 않는데,『시간의 언덕, 현수동』에서는 현수도서관이라고 부르려 한다.『시간의 언덕, 현수동』에서는『그믐, 또는 당신이 세계를 기억하는 방식』에서보다 훨씬 더 중요한 장소로 나올 예정이다.

현수도서관의 모델은 마포구 독막로 165에 있는 마포구립서강도서관이다. 기실『그믐, 또는 당신이 세계를 기억하는 방식』에서도 알 만한 사람은 다 알 수 있게 써놨다. 광흥창역 바로 옆에 있는 도서관이며, 7013A번 버스로는 갈 수 있지만 7013B번 버스로는 갈 수 없다고, 작은 건물의 3층부터 5층까지인데 그 건물 1층은 주민센터라고, 그 도서관에는 학습실이 없다고.

『그믐, 또는 당신이 세계를 기억하는 방식』의 남녀 주인공은 7013A번 버스를 타고 도서관에 가서 웃음을 잘 짓는 사서와 한때 문학도였던 과장을 만난다. 주인공 여자는 직업이 편집자인데, '사람들이 책을 빌리고 읽게 하는 데 집중한다'는 현수도서관의 운영 방침을 마음에 들어 한다. 남자 주인공은 「그믐」이라는 제목의 단편소설을 쓴 적이 있는 젊은 소설가인데, 현수도서관 사서가 그 작품을 읽었다며 반가워한다.

소설 속에서 현수도서관은 소식지를 발간하고, 소설가는 그 소식지에 실을 원고를 청탁받는다. 『그믐, 또는 당신이 세계를 기억하는 방식』을 발간하고 6년 뒤 나도 서강도서관이 발간하는 소식지에 실을 원고를 청탁받았다. 서강도서관에 대한 사심을 듬뿍 담은 글을 써서 보냈다.

서강도서관 개관일은 2008년 2월 17일이다. 내가 현석동 주민이 되고 나서 꼭 2주 뒤다. 나는 그해 2월에 2주일 동안 아침저녁으로 광흥창역을 이용하면서 '저 건물은 뭘까' 하고 궁금해했다. 하지만 도서관이 열렸을 때 바로 찾아가지는 않았다. 그때까지 공공도서관을 제대로 이용해본 일이 없어서였다.

서강도서관에 처음 찾아간 것은 반년이 지난 2008년 8월 어느 토요일이었다. 그때 빌린 책은 팀 하포드의 『경제학 콘서트』와 메리 로치의 『봉크』, 그리고 할런 코벤의 두 권짜리 추리소설 『단 한 번의 시선』 상권이었다(여담인데 이 책 진짜 끝내준다).

『단 한 번의 시선』 하권은 빌리지 않았다. 도서관을 이용하는 법을 잘 몰랐던 것 같다. 서점에서는 상, 하편으로 나뉜 책이 흥미로워 보일 때 상권을 먼

저 사고 그걸 읽고 난 뒤 하권을 사는 게 현명할지 모른다. 하지만 도서관에서는 그냥 다 빌려 나오면 되는데.

두 번째로 서강도서관을 찾았을 때에는 당연히 『단 한 번의 시선』 하권을 빌렸고, 로렐 K. 해밀턴의 『달콤한 죄악』도 빌렸다. 이때쯤부터 도서관의 달콤한 유혹에 빠졌던 것 같다.(『달콤한 죄악』은 서점에서라면 구입하지 않았을 책이다. 근미래 사회에서 하드보일드한 여성 뱀파이어 헌터가 활약하는 내용인데, 관심 있는 분은 읽어보시길).

그렇게 2014년 2월까지 6년 동안 서강도서관에서 214권의 책을 빌렸다. HJ도 책을 그 정도 대출했을 거다. 상호대차 서비스가 도입되기 전이어서, 우리는 도서 구입 신청을 꽤 많이 했다. 서강도서관도 의욕적으로 신간 도서를 사들였다. 새 책을 자주 들여놓는 게 그 도서관의 자랑이기도 했다.

내가 서강도서관에서 마지막으로 빌린 책은 존 L. 캐스티의 『대중의 직관』, 니콜라스 카의 『생각하지 않는 사람들』, 존 팰프리와 우르스 가서가 함께 쓴 『그들이 위험하다』였다. 모두 디지털혁명이나 집단지성, 혹은 군중심리를 다룬 책이다. 어떤 주제에 관심이 생기면 관련 책을 왕창 대출해서 몰아 읽는 독서

습관이 그 6년 사이에 생긴 것이다.

2011년에 한겨레문학상을 받고 정식 등단을 한 뒤 현석동에 살면서 품었던 은밀한 소망 중 하나는 서강도서관에서 초청을 받아 강연을 하는 것이었다. 도서관 입구에 붙은 강연 홍보 포스터를 볼 때마다 '나도 하고 싶다'고 생각했다. 그런데 다른 동네로 이사 갈 때까지 요청을 받지 못했다(결국 서강도서관에서 강연 요청을 받기는 했다, 2019년에. 그때는 이미 마포구민이 아니었지만 무척 기뻤다. 강연 제목은 무려 '마포구 현석동과 나의 소설 창작활동'. 실제로 그런 문구가 적힌 플래카드가 내 뒤에 걸려 있었다. 내 소설에 나오는 광흥창역 일대 장소에 대해 한 시간 넘게 떠들었다. 청중들이 당황하지 않았으려나).

*

2008년 2월까지 내가 공공도서관을 잘 찾지 않았던 데에는 이유가 있었다. 어린 시절 공공도서관들에는 문턱이 있었고, 나는 도서관과 사랑에 빠질 기회가 없었다. 내게 도서관은 책을 빌리러 가는 곳이 아니었다. 공부를 하러 가는 곳이었다. 커다란 독서실 느낌이랄까. 새벽부터 수험생들이 열람실에 들어

가려고 공공도서관 앞에 줄을 섰다.

그런데 1990년대 초반까지도 한국의 많은 공공도서관은 돈을 내고 입장해야 했다. 그것도 일일권 같은 개념도 아니어서, 건물 밖으로 나갔다 들어오면 돈을 또 내야 했던 것으로 기억한다. 공공도서관 입관료는 1992년에야 완전히 폐지됐다. 도서관 자료실 운영 시간도 짧았다. 1990년대까지 오후 6시에 자료실 문을 닫는 도서관이 많았다.

1990년대 초까지는 대다수 공공도서관들이 서가도 개방하지 않았다. 읽고 싶은 서적의 청구기호를 적어 내면 사서가 그 책을 찾아주는 폐가제 방식이었다. 도서관 책장 사이를 어슬렁어슬렁 걸어 다니면서 흥미로워 보이는 책을 꺼내 살필 수 없었다.

공공도서관에서 빌린 책을 집에 가져와 읽을 수 있게 된 것도 1990년대 들어서였다. 이전까지는 많은 공공도서관에서 도서관이 보유한 책은 도서관 안에서 읽어야 했다. 심지어 1990년대 후반까지도 관외 대출증을 만들려는 이용자에게 보증인의 전화번호와 주민등록번호까지 요구하는 도서관이 있었다.

무엇보다 공공도서관은 수가 적었다. 1993년까지 서울 중랑구, 관악구, 성동구, 성북구, 은평구, 송파구, 서초구, 중구에는 공공도서관이 한 곳도 없을 정도였다. 대부분의 가정은 공공도서관에서 멀리 떨어져 있었다는 얘기다. 특히 많은 공공도서관이 예산 때문에 주택가 목 좋은 곳이 아니라 땅값이 싼 한적한 곳에 자리 잡았다.

2010년 한국에는 공공도서관이 759곳 있었다. 같은 시기 독일에는 공공도서관이 8,256곳, 영국에는 4,517곳, 일본에는 3,196곳이 있었다. 2020년 한국 공공도서관은 1,172곳으로 10년 사이 숫자가 꽤 늘긴 했다. 그래도 여전히 유럽 국가들이나 일본에 비하면 턱없이 모자란다. 인구 대비 도서관 수로 따져도 그렇다.

현석동으로 이사 오기 전까지 나는 도서관보다 영화관에 훨씬 더 자주 갔다. 책보다 영화를 더 좋아했던 건 아닌데, 도서관은 멀었고 영화관은 내가 사는 오피스텔 건물 바로 옆에 있었다. 극장은 자정에 가도 영업을 했다. 바쁜 한 주를 보내고 금요일 밤에 퇴근하면, 옷을 갈아입고 밖으로 나가 아무 영화나 심야 상영을 하는 작품을 보고 원룸에 돌아오곤 했다.

내가 살았던 신촌 오피스텔에서 가장 가까운 공공도서관은 걸어서 31분 거리에 있었다(네이버지도로 계산해봤다). 지금 나는 괜찮은 도서관이 걸어서 31분 거리에 있다면 찾아간다. 늦은 저녁 시간이나 주말에 가도 도서관이 열려 있고, 무엇보다 도서관 서가를 둘러보는 일이 무척 즐겁다는 사실을 알기 때문이다. 하지만 2008년 2월까지는 그걸 잘 몰랐다. 위에 적은 한국 공공도서관의 발전은 1990년대 중반에 이루어진 일들인데, 나는 1994년에 대학에 입학해 공공도서관이 아닌 대학도서관을 이용하게 되었다. 1998년에 군대를 제대하고 잠시 집 근처 공공도서관에 출근하듯이 다닌 적이 있었는데, 책을 집에 가져오지 않고 주로 그곳에서 읽었던 것 같다. 당시에는 도서대여점이나 헌책방도 애용했다.

그랬다가 서강도서관을 다니게 되면서부터 공공도서관이 얼마나 즐겁고 유용한 근린문화시설인지 깨닫게 된 것이다. 학습실이 없고 저녁 늦게까지, 또 주말에도 문을 여는 도서관은 작은 문화 충격이었다. 다시 말해 서강도서관은 내게 공공도서관을 사랑하는 법을 가르쳐준 스승이고, 내 첫사랑 도서관이다.

요즘은 이사를 가면, 아니 이사를 가기도 전에 먼저 앞으로 살게 될 동네에 도서관이 어디에 있는지 찾아본다. 웬만한 책은 전자책으로 읽는데도 불구하고 도서관은 자주 다닌다. 공공도서관은 점점 책을 대출해주는 시설 이상이 되어가고 있다. 서강도서관을 예로 들자면 사서들이 팟캐스트를 운영하고, 주민들이 참여하는 바자회와 낭독회가 정기적으로 열린다.

공공도서관들이 현재 같은 모습으로 운영되는 것은 많은 도서관 운동가들과 사서들이 목소리를 높인 덕분이다. 앞으로 공공도서관은 대단히 중요한 사회 인프라로서 훨씬 더 많은 일을 할 수 있을 것 같다. 도서관을 보면 우리가 더 나은 세계를 설계할 수 있다는 믿음이 생긴다. 현수동 같은 동네가 있어야 한다고 많은 사람들이 목소리를 높이고 그 동네의 모습을 함께 구상하다 보면 정말로 그런 동네가 생길 수 있을 거라는 희망도 함께 싹튼다.

*

현수동 같은 동네가 존재하고 잘 굴러갈지 궁리하다 보면 현수동뿐 아니라 세계 전체가 어떻게 바뀌어야 하는가에 대해서도 생각이 미친다. 하지만 한번 더 강조하건대, 세상 모든 거리가 현수동 같은 모습이 되어야 한다거나, 현수동이 세계의 축소판이어야 한다고 여기지는 않는다.

고밀도 도심과 힙스터들의 거리도 어딘가에 있어야 한다. 그곳의 중력이 멀리 있는 현수동을 일그러뜨리지 않기를 바라지만 말이다. '승자독식 도시'

에는 반대하지만 대도시를 없애야 한다고 보지는 않는다.

그런 연유로 나는 현수동에 미술관이나 박물관, 오페라하우스를 요구하지 않는다. 그런 시설이 모든 동네에 다 있을 수는 없다. 영화관도 그렇다. 2021년 기준으로 전국 기초자치단체는 226곳이고, 극장 수는 542개다. 한 시군구에 영화관이 두세 곳 정도 있으면 되는 것 아닐까? 가뜩이나 OTT 서비스 때문에 극장들은 관객이 준다고 울상인데.

그렇다면 서울 마포구의 경우에는 홍대입구역과 합정역, 그리고 월드컵경기장역 근처 정도에 영화관이 있으면 될 것 같다(실제로도 그 장소들에 복합상영관이 있다). 현수동 주민들은 영화를 보고 싶으면 버스나 지하철을 타고 합정역으로 간다. 간 김에 맛있는 음식도 먹고, 데이트도 하고.

뭘 알고 하는 소리는 아니지만 공연장은 영화관과 조금 다를 것 같다. 영화와 달리 한 공연이 두 장소에서 동시에 열릴 수는 없고, 공연산업 종사자들이 공연 시간에 그 장소에 있어야 한다. 그러니 작은 공연장들은 한 지역에 모여 집적 효과를 올리는 게 낫지 않을까 추측해본다. 사람들은 어느 거리에 가면 연극이나 재즈 공연 등을 볼 수 있다고 기대하고, 연극인들이나 뮤지션들은 바로 그곳에서 서로 교류하는 식으로. 그런 방향이 옳다면 현수동에 수준 높은 전문 공연장이 있어야 한다고 주장하는 것은 과욕인지도 모르겠다.

현수동에, 그리고 모든 동네에 있어야 한다고 내가 강하게 믿는 문화시설은 공공도서관이다. 지역 공동체의 중심이 되고 마을에 개성을 부여하는 '로컬 크리에이터' 역할도 식당이나 술집이나 편집숍이 아니라 도서관이 맡아야 한다.

내가 작가다 보니까 도서관을 편애하는 걸까? 내가 혹시 게임 애호가였다면 PC방들이 로컬 커뮤니티의 허브가 될 수 있다는 의견을 냈을까? 하지만 PC방은 공간 구조가 사람들이 얼굴을 마주보고 대화하기에 적합하지 않고, 시간당 이용요금을 받는 민간 영업장이며, 중년층과 노년층에게 친숙하지 않다.

지붕이 있고, 찾아가기 쉽고, 아침부터 저녁까지 모든 이에게 열려 있으며, 권위적이지 않은 상주 직원이 있고, 단골 방문자가 있고, 크고 작은 다양한 커뮤니티의 물리적 중심이 될 수 있고, 여러 사람을 수용할 수 있는 장소가 공공도서관 말고 달리 또 있을까? 초등학교? 행정복지센터? 지구대? 대형마트? 교회? 부군당?

그런 면에서 나는 공공도서관의 미래도 인공지능 책 추천 서비스(그런 서비스를 하는 도서관이 이미 있다)나 VR 체험장(그런 얘기를 하는 글을 읽었다)에 있지는 않다고 본다. 도서관이 지역공동체 속으로 들어가고, 아예 지역공동체를 건설해야 한다고 본다(현수도서관 사서들은 살롱 운영자나 향토사학자 같은 역할도 맡아야 할 것 같다).

꿈같은 소리를 늘어놓자면, 현수동에서는 주민들의 대다수가 이런저런 독서 모임에 가입해 있다. 현수도서관은 다양한 북클럽이 결성되고 회원을 모집하고 읽을 책을 정하고 기록을 남기는 플랫폼이다. 현수도서관은 연합 동아리를 구성하고, 작가를 초청하고, 비블리오 배틀 대회를 열어준다.

현수동 사람들은 길에서 천천히 걷다 만나고, 자전거를 타며 마주치고, 상점에서 서로 인사를 나누기도 하지만 무엇보다 독서 동호회에서 교류한다. 현수도서관은 혼자 사는 노인, 싱글맘, 다문화가정 구성원, 성소수자, 학교 밖 청소년, 몸이 불편한 분들을 적극적으로 독서 동아리로 끌어온다. 다른 세대, 다른 계층 사람들이 일주일에서 한 달 정도 간격으로 만나 책 내용을 놓고 토론하며 편안하게 친해진다.

현수동 북클럽 회원들은 서로의 안부를 궁금히 여기게 된다. 동시에 그들은 혼자 있는 시간에도 덜 외롭다. 심지어 덜 공허하다. 독서 모임에서 다룰 책을 읽고, 이웃이 적은 발제문에 대한 자신의 답을 고민하기 때문이다. 다른 동호회가 아닌 독서 모임에는 그런 힘이 있다. 현수동 사람들은 책을 통해 이웃과 엮이고, 멀리 떨어진, 때로는 저세상에 있는 작가와 만나며, 인류의 지혜와 연결된다.

봄과 가을에 현수도서관은 큰 책 축제를 개최한다. 이때는 3박 4일 동안 현수도서관 주변 차로를 모두 막고 보행자만 들어올 수 있게 한다(무앙사르 투 사람들이 그렇게 한다). 도서관 주변에 천막을 수십 개 치고 헌책이나 책 관련 상품을 파는 벼룩시장을 연다. 주민들은 소설 등장인물의 의상을 입고 코스튬 플레이를 하고, 곳곳에서 시를 낭독한다. 초대 작가와 맥주를 마시며 책 이야기를 하는 행사, 책에 나오는 요리를 만들어 먹는 행사, 도서관에서 책을 읽으며 하룻밤을 보내는 행사가 열린다.

현수도서관은 때로 테마를 정해 관내 여러 북클럽들에 관련 도서를 찾아 읽자고 부추기기도 한다. 그리고 독서 모임에서 나오는 이야기를 기록해서 아카이브를 만든다. 그 데이터베이스는 현수동 너머에도 영향을 미친다. 지역과 지식에 기반한 네트워크가 이슈를 퍼뜨리고, 사람들을 숙고하게 한다. 그렇게 한 사회의 공론을 생성해낸다.

얼토당토않은 공상이라고? 이런 도서관이 있어야 한다고 많은 사람들이 목소리를 높이고 그 모습을 함께 구상하다 보면 정말로 그런 도서관이 생길 수도 있다니까요. 그리고 앙리 르페브르라는 프랑스 철학자의 주장인데요, 도시에 사는 사람들에게는 자신들이 원하는 도시를 만들 권리가 있다고 합니다.

삶을 사랑한다는 것, 사랑하는 동네가 있다
는 것

아무튼 시리즈 단행본 한 권의 글 분량은 200자 원고지 350매 정도인데 현수동의 역사, 인물, 전설, 밤섬, 교통, 상권, 도서관에 대해 이미 340매가 넘게 써버렸다. 레닌 이야기 좀 줄일까…. 그러더라도 여기서 마쳐야 한다(제인 제이콥스 얘기 안 꺼내길 잘했네).

처음에 이 책을 구상하면서 목차를 짤 때, 거기에는 '고양이에 미적지근한 사람이 쓴 현수동의 동물', '인간을 싫어하는 사람이 쓴 현수동의 인구', '투자에 무지한 사람이 쓴 현수동의 부동산', '머물지 못하는 사람이 쓴 현수동의 미래' 같은 문구들이 적혀 있었다. 그 주제들에 대해서는 조금씩 풀고 싶은 푸념이나 상상이 있었다. 그런가 하면 현수동의 에너지 시스템이라든가 폐기물 처리, 건축, 교육 문제, 일자리, 복지제도에 대해서는 솔직히 할 말이 없다.

'고양이에 미적지근한 사람이 쓴 현수동의 동물'은 마지막까지도 별도의 장으로 쓰고 싶은 마음이었다. 고양이가 싫다는 건 아니고, 내가 워낙 개를 사랑한다. 개만 보면 좋아서 어쩔 줄을 모른다. 현수동 주민들도 개를 좋아하면 좋겠다. 그리고 개를 키우는 사람들에게나 개를 키우지 않는 사람에게나 현수동 거리가 쾌적한 곳이기를 바란다.

대체로 보행자에게 편한 골목이 견주에게도 편

하다. 길이 넓고, 차에 치일 걱정을 하지 않아도 되고, 개똥을 버릴 수 있는 수거함이 별도로 마련되어 있으면 마음이 더 놓이겠다. 한강공원의 녹지가 도시로도 이어져 경의선숲길처럼 횡단보도 없이 한참을 가로수와 잔디 옆에서 걸을 수 있으면 좋겠다. 너무 큰 욕심일까? 그곳에 개들을 데리고 테라스에 앉을 수 있는 카페나 펍도 몇 곳 있으면 좋겠는데.

목줄이나 하네스 없이 개들을 풀어놓을 수 있는 무료 반려견 놀이터가 동네 몇몇 지역에 있으면 좋겠다. 내가 살았던 동네 중에는 구로구 거리공원과 양재천 옆 출발마당 공원에 견주들이 모이는 스폿이 있었다. 아침에 양재천에 나가면 개를 산책시키는 보호자들이 다른 개들을 알아보고 서로 인사하는 모습을 쉽게 볼 수 있다.

개를 키우는 사람들은 거리에서 상당히 스스럼없이 어울린다. 어린이들은 특히 더 그렇다. 나는 그런 모습도 한 마을의 자산이라고 생각한다. '자출족'이나 독서가들보다 견주들이 더 쉽게 친밀해지고, 나는 책이나 자전거보다 개가 그런 방면에서 더 힘 있는 존재라고 믿는다.

인간이 기르지 않음에도 도시에서 살기로 스스로 결정한 다른 동물들에게도 현수동이 스트레스가 심하지 않은 공간이면 좋겠다. 고양이 외에도 아파트 단지에 사는 동물이 은근히 많다. 비둘기, 까치, 어치, 박새 같은 조류들이 있고, 어지간한 도시 하천에는 붕어와 잉어들이 우글거린다. 그런 풍경을 보면 감개무량한 기분이 든다. 20년 전만 해도 까마귀나 왜가리, 황조롱이, 두꺼비가 도시의 공원에 나타나면 사람들이 신기하다고 웅성댔는데. 너구리나 뱀은 아직 눈길을 끌지만. 광교호수공원 근처에 살 때에는 고라니가 집 앞까지 내려왔고, 밤에 시끄럽게 울기도 했다. 구로구에 살 때 안양천에서는 참게를 자주 봤다. 현석동 앞 한강공원에는 쥐가 많았다.

어떤 이들은 '도시 재야생화(urban rewilding)'가 우리가 가야 할 길이라고 말한다. 밤섬도 도시 재야생화의 한 사례겠다. 건물 옥상이나 공원에 작은 연못과 녹지를 조성해 생태 네트워크를 만들자는 말을 들으면 고개가 끄덕여진다. 그런가 하면 길고양이 울음소리나, 사람을 두려워하지 않는 비둘기, 하늘을 덮은 까마귀에 질색을 하는 사람들도 있다. 비난할 수 없다.

나로 말하자면 고라니를 낮에 집 앞에서 보면 사랑스러워하고, 밤에 그 울부짖는 소리를 들으면 저주를 퍼붓는다. 그리고 내가 '동물이 스트레스를 받지 않는 동네'라고 말할 때 그 동물들은 대체로 복슬복슬한 털이 나 있거나 예쁜 깃털이 있는 포유류와 조류를 뜻한다. 파리, 모기, 바퀴벌레, 나방, 꼽등이, 송충이를 가리키지는 않는다. 그러면서 식용동물의 문제는 모르는 척한다. 한마디로 생태계에 대한 깊은 이해나 애정 없이 즉흥적으로 생명을 대하는 평범한 인간이다.

인류동물학자 할 헤르조그의 말처럼 동물을 대하는 태도에 있어 '도덕적 수렁'은 합리적이면서 불가피한 일일 수도 있다. 나는 현수동이 학교가 되기를 바란다. 관련된 많은 딜레마들을 모두 명쾌하게 해결하지 못하더라도 동물과 어떤 관계를 맺어야 하는지, 생명을 어떻게 대해야 하는지 인간들에게 가르쳐주는 동네가 되었으면 한다. 이웃들과 함께 기꺼이 학생이 되고 싶다.


\*


소개하고 싶은 광흥창역 일대의 이야기들이 더 있다. 이승만이 하와이로 망명한 뒤 사라졌다가 발견된 그의 개, 서강대 설립과 대학 이름 결정 과정, 신수동에 있었던 출판단지, 구수동에 있었던 한국구화

학교,현석동에 살았던 베트남 난민 가족, 이 모든 동네 주민들을 괴롭혔던 분뇨 저장 탱크와 연탄 공장 등등.『시간의 언덕, 현수동』에서 쓸 수 있을지 궁리해보겠다.

『아무튼, 현수동』원고를 붙들고 있는 동안 광흥창역 일대와 현수동에 대해 하고픈 말이 처음에 예상했던 것보다 많아서 놀랐다. 그리고 약간이나마 나 자신을 다시 보게 되어 놀라기도 했다.

자신이 사는 마을을 사랑하는 사람은 자기 삶을 사랑하고 또 인류를 사랑하는 사람이라고 생각한다. 어떤 사람이 자기 삶을 사랑하지 않으면서 자기가 사는 마을만 사랑할 수 있을까? 어떤 사람이 인류애 없이 자기가 사는 마을만 사랑할 수 있을까? 그런데 나는 분명히 광흥창역 일대를 사랑했다.

'인간을 싫어하는 사람이 쓴 현수동의 인구' 같은 장 제목을 메모해두기는 했지만, 나의 인간혐오가 그렇게까지 중증은 아닌가 보다. 그저 인구가 줄어드는 것이 지구에게도 인류에게도 좋은 일이라고 믿는 정도다. 그러니까 애 낳자는 말 그만하고, 노인 친화적인 일자리와 노인들이 편히 사는 동네를 만들자. 물론 그 마을 골목에서는 젊은 부모와 아이들도 여유 있게 웃고 다닌다. 어, 그러고 보니까 이게 현수동의 인구라는 주제로 하고 싶었던 얘기였다.

　(거꾸로 자기 삶을 사랑하고 인류를 사랑하는 사람이 자기가 사는 마을을 사랑하지 않을 수는 있을까? 그럴 수는 있을 것 같다. 지금 내가 그 비슷한 상황이다. 한 달쯤 전에 녹지가 거의 없고 행인들의 표정이 어두운 울적한 동네로 이사를 와서 주변 풍경에 정을 붙이지 못하고 있다. 겨울이라서 나무들이 헐벗은 탓도 있고, 아파트 전망이 너무 안 좋다는 점도 있겠으나….)

　'자기 동네를 사랑하는 사람은 자기 삶도 사랑한다'는 말을 이렇게도 확장할 수 있을까. '자기 동네를 사랑스럽게 만드는 사람은 자기 삶도 가꾸는 중이다'라고. 『아무튼, 현수동』을 쓰는 동안 나도 내 안에 있는 무언가를 헤아린다는 기분이 들었다. 지역공동체에 대한 관심이나 책임 같은 것. 시니컬한 척하느라 어릴 때에는 잘 살피지 않았던. 그래서 나는 이 책 독자들께도 살고 싶은 동네를 구체적으로 상상해보라고 권하고 싶다.

　한데 내가 이 원고를 쓰는 동안 정작 광흥창역 일대를 사랑스럽게, 현수동에 한 걸음 더 가깝게 만들기 위해 애쓴 사람은 내가 아니라 HJ였다. 그녀가 광흥창역 일대에 대해 나만큼 애정을 품고 있지는 않다는 사실이 아이러니하다. 하지만 침대에 누워 쓸데없는 생각을 많이 하는 몽상가 타입인 나와 달리 HJ는 손과 발이 부지런한 실천가이고 돌진하는 전사이다.

얼마 전 HJ는 마포구립서강도서관에 찾아가서 관장님과 사서분들을 만났다. 그리고 그녀가 운영하는 온라인 독서 모임 플랫폼 '그믐'(www.gmeum. com)과 서강도서관의 협업을 제안했다.

그믐 이용자 인터뷰를 하면서 HJ는 뜻밖에도 북클럽 경험이 있는 것도 아니고 인근 도서관을 이용하지도 않는 회원들이 그믐에서 활발히 활동한다는 사실을 알게 되었다. 책을 좋아하고 책 이야기를 하고 싶은데 너무 바빠서 오프라인 독서 모임에 참여할 엄두를 못 냈다는 젊은 직장인들이었다. 남성도 많았다. 그들은 2008년 2월 이전의 나처럼 공공도서관과 사랑에 빠질 기회가 없었다.

그런가 하면 도서관은 도서관을 찾아오는 이용자들의 니즈에 대해서는 들을 수 있지만, 도서관에 오지 않는 이들이 무엇을 원하는지에 대해서는 어두울 수밖에 없다. HJ의 견해로는 도서관을 찾아오는 사람들과 그렇지 않은 사람들은 서로 무척 다른 그룹이며, 도서관에 바라는 바도 다르다. 그런데 전자의 요구에만 충실하다 보면 공공도서관이 자칫 어린이

집이나 문화센터가 되어버릴 수도 있다. 도서관이 그런 역할도 할 수 있다면 나쁜 건 아니겠다. 하지만 어린이집이나 문화센터는 할 수 없고 도서관만이 할 수 있는 일, 도서관에서만 할 수 있는 일도 있지 않을까.

온라인 독서 플랫폼과 도서관이 함께 지역에 맞는 프로그램을 개발하고 운영하면 도서관 잠재 이용자들에게 도서관에서만 할 수 있는 일, 그리고 지역사회에 대한 관심을 불러일으킬 수 있지 않을까? 도서관은 온라인 커뮤니티 이용자들의 물리적 거점이 되고 말이다. 온라인 북클럽은 아카이빙 작업도 편리하다. 대강 그런 게 HJ의 생각이다(그녀는 앞으로 전국 도서관을 돌아다니며 그렇게 지역과 지식에 기반한 네트워크를 함께 만들자고 제안할 거라고 한다. 관심 있는 도서관 사서님들은 contact@gmeum.com으로 연락주세요).

*

내가 언젠가는 현수동에서 살 수 있을까. 당분간은 그러지 못할 것 같다. HJ가 광흥창역 일대에 시큰둥한 데다, 그녀의 동의를 얻더라도 마포구 아파트 가격이 너무 올라서 우리 부부가 감당할 수 없다("그

때 대출받아서 집을 살 수 있었는데, 왜 여태껏 전세를 고집했는지 이해가 안 가" 하며 HJ는 한탄하고 자책한다. 이유는 뻔하다. 우리 둘 다 겁이 너무 많아서였다).

HJ가 살고 싶어 하는 동네는 서울 광진구 자양동 일대다. 나도 그 동네를 좋아한다. 뚝섬한강공원에 놀러 갔다가 탁 트인 경치와 그곳에서 운동을 즐기는 주민들의 모습에 반해버렸다. 뚝섬전망문화콤플렉스 '자벌레'도 굉장히 멋졌다. 뚝섬유원지역 근처인 자양3동은 비싸서 엄두도 못 내고, 15~20분쯤 걸어가야 하는 자양2동 정도면 나중에 혹시 가능하…려나?

광진구 자양2동은 여러 가지로 마포구 현석동과 비슷하다. 둘 다 한강을 앞에 둔 사대문 밖 강북 동네로, 과거에 나루터가 있었다. 뚝섬나루도 서강나루처럼 역사가 오래되었고, 경치가 좋아 옛 사람들이 유람지로 삼았다.

자양동에는 정자나 부군당도 몇 곳 있었던 것 같고, 이런저런 설화도 많은 것 같다. 이곳에 있었던 서울경마장 관련해서는 흥미진진한 이야기가 또 얼마나 많을까. 내가 만약 자양2동에 살게 된다면 또 신이 나서 수첩을 들고 골목을 돌아다니겠지.

현석동 근처에 서강도서관이 있다면 자양2동 부근에는 자양한강도서관이 있는데 시설이나 경치가 매우 멋지다. 현석동에 살 때는 상수역 인근으로 가서 데이트를 했는데, 자양2동에 살게 된다면 건대입구역 부근으로 가게 될 것 같다.

우리 부부가 진지하게 살아봐야겠다고 검토한 또 다른 동네는 부산 사하구 다대동이다. 집도 알아보고 부동산 사무소에도 다녔다. 다대포해수욕장에서 바라보는 석양은 황홀하다는 말로는 부족할 정도로 아름답다. '부산 3대(臺)'라고 하는 명승지 중 해운대는 중년 부부가 머물며 살기에는 너무 번잡하고, 태종대는 주거단지에서 다소 먼 것 같다. 다대포해수욕장에 있는 몰운대가 매일 저녁 산책하기에 딱 좋다.

우리 부부는 다대도서관도 찾아갔다. 아마 대한민국 공공도서관 중에 가장 경치가 훌륭한 곳 아닐까. 부산 문화와 역사에 대한 책도 여러 권 찾아 읽었다. 다대포해수욕장 동쪽 해안은 정비 공사를 한다고 하는데, 어떻게 바뀔지 궁금하다. 가덕도신공항이 들어서게 되면 주변 풍경이 많이 변할지도. 너무 시끄러워지지는 않을까? 부산에서 살게 되면 부산을 배경으로 하는 소설을 쓰겠다(장편소설 『호모도미난스』의

클라이맥스 배경이 부산이기도 하다).

속초 동아서점의 김영건 대표가 쓴『속초』를 읽은 뒤로는 속초에도 관심이 있다. 제주 서귀포의 남성마을과 전북 군산시 구암동도 후보지다. 남성마을은 해안도로가 아닌 곳조차 천천히 걷다 보면 시름이 사라지는 곳이며, 삼매봉도서관 구내식당이 대단히 훌륭하다. 구암동은 금강을 접하고 있으며, 땅이 평평해 자전거를 타고 돌아다니기 좋고, 인근 조촌동에 얼마 전에 지어진 금강도서관이 카페처럼 예쁘다.

우리 부부는 아이가 없어서 근처에 어떤 학교나 학원이 있는지에 대해서는 아무래도 주의를 별로 기울이지 않는다(자동차가 없어서 주차장에도 관심이 없다). 그래도 우리가 사는 곳에 초등학교가 있다면 그곳까지 자동차도로와 완전히 분리된 길이 있으면 좋겠다. 광교호수공원이 그랬다. 그곳에 사는 아이들은 어른 없이 자기들끼리 보행자 전용 호숫가 산책로를 따라 호숫가 초등학교를 걸어 다녔다. 그 모습이 정말 보기 좋았다.

아이들끼리 등굣길 동행 친구를 기다리는 장소도 있었다. 대체로 남학생은 남학생들끼리, 여학생은 여학생들끼리 뭉쳤는데, 두 무리가 걷는 폼이 달랐다. 남학생들은 비슷한 나이 또래 서너 명이 비슷한 속도로 터벅터벅 나란히 걸었다. 서로 얼굴을 보지 않고 각자 앞을 바라보며 대화했다. 여학생 그룹은 대체로 남학생 무리보다 규모가 조금 더 큰 듯했고, 한 그룹에 고학년과 저학년이 섞여 있는 경우가 드물지 않았다. 여학생들은 서로 얼굴을 보며 대화했고, 걷다 멈춰서 머리를 맞대고 수다를 떨기도 했다. 걸음도 빨라졌다 느려졌다 했다. 아이들은 가끔 모르는 어른에게도 조금도 주눅 들지 않은 당당한 표정으로 밝게 인사했다.

전망이 좋고, 아름다운 자연이 근처에 있고, 산책로가 있고, 자전거를 타기 좋고, 개들과 개들을 사랑하는 사람들이 있고, 도서관이 있는 마을. 현수동이 아니더라도 현수동을 닮은, 거기에 역사와 설화까지 있으면 금상첨화인, 그런 동네에서 살고 싶다.

그런 동네의 일부가 되고 싶다.

나를 만든 세계, 내가 만든 세계
'아무튼'은 나에게 기쁨이자 즐거움이 되는,
생각만 해도 좋은 한 가지를 담은 에세이 시리즈입니다.
**위고**, **제철소**, **코난북스**, 세 출판사가 함께 펴냅니다.

아무튼, 현수동

초판 1쇄 2023년 1월 25일
초판 2쇄 2023년 2월 5일

지은이 장강명
편집 조소정, 이재현, 조형희
디자인 일구공 스튜디오
제작 세걸음

펴낸곳 위고
출판등록 2012년 10월 29일 제406-2012-000115호
주소 경기도 파주시 회동길 290 206-제5호
전화 031-946-9276
팩스 031-946-9277

hugo@hugobooks.co.kr

ⓒ장강명, 2023

ISBN 979-11-86602-92-8 02810